U0554177

识别二维码
收听更多精彩

袋蛾都是天才裁缝。

蚂蚁从不装死。

好蛐蛐绝对是个夜游神。

全世界只有他一个人

叫它火车蜈蚣吧。

上天给每个人家分配的蚊子

数量可都是一样的。

小虫子

庞余亮———著

人民文学出版社

庞余亮

江苏兴化人。早年就读于扬州师范学院，做过15 年教师和 5 年记者。《南方周末》散文写作训练营导师。

多篇作品被选入中小学语文阅读理解。著有散文集《半个父亲在疼》《小先生》等。儿童文学作品《小不点的大象课》《神童左右左》《躲过九十九次暗杀的蚂蚁小朵》《看我七十三变》等，深受孩子喜爱。

有部分作品译介到海外。曾获童话金翅奖、孙犁散文双年奖、万松浦文学奖、第八届鲁迅文学奖等多种奖项。

庞余亮的散文清新细腻，地气盈盈，是文学根植于生活结出的神奇果实。

图书在版编目（CIP）数据

小虫子／庞余亮著. —北京：人民文学出版社，2023
ISBN 978-7-02-017756-1

Ⅰ.①小… Ⅱ.①庞… Ⅲ.①散文集—中国—当代 Ⅳ.①I267

中国国家版本馆CIP数据核字（2023）第006285号

责任编辑　杜　丽
装帧设计　刘　静
责任校对　罗翠华
责任印制　任　祎

出版发行　人民文学出版社
社　　址　北京市朝内大街166号
邮政编码　100705

印　　刷　北京盛通印刷股份有限公司
经　　销　全国新华书店等

字　　数　179千字
开　　本　787毫米×1092毫米　1/32
印　　张　11.25　插页1
印　　数　1—8000
版　　次　2023年2月北京第1版
印　　次　2023年2月第1次印刷

书　　号　978-7-02-017756-1
定　　价　59.00元

如有印装质量问题，请与本社图书销售中心调换。电话：010-65233595

目　录

小虫子

献　给

那些总被认为无用的孩子们

在大人看不到的地方

他们都会飞

每个人都有自己的《昆虫记》

我有许多书。

但喜欢的书就那么几部。

我特别喜欢的书中，肯定有一部《昆虫记》。

我太喜欢法布尔的《昆虫记》了！

怎么个喜欢法？悄悄告诉你们，我买了三本《昆虫记》。一本在办公室。一本在床头柜上，一本在卫生间里。我完成了古人所说的"马上，枕上，厕上"之"两上"。

无论多么烦恼，多么疲惫，甚至是多么地膨胀……只要拿到法布尔的《昆虫记》，我就会清醒过来。

那些虫子们争先恐后的，像精灵老师，在给我敲记忆的黑板：

小虫子

"你把我们给忘了吗？"

我当然没有忘记。
那些我和我的虫子们单独相处的日子。

在那个四面环水的村庄，我是我父母的第十个孩子。父母都是一个字不识的文盲，穷日子给予我两个潮湿的翅膀：饥饿和孤独。

但再孤独的人也有自己的财富——我的虫子。

春夏秋冬，出没在村庄周围的它们是我的玩伴，是我的敌人，是我的玩具，是我的食物，是我的零花钱。

无穷无尽的虫子们，无边无际的童年。被饥饿和孤独拉长的童年里，幸亏有那些小虫子，它们就像那些好书上的字，全是命运派遣过来慰藉我这个苦孩子的糖果呢。

是的，后来，我爱上了读书，在读书中知道，地球上的虫子太多了，平均到每个人头上的是两亿只！

为了写出这两亿只小虫子，我又爱上了写作。

但我一直没有写出我的小虫子。

我需要继续阅读，阅读更多的书，比如《昆虫记》，我需要一把钥匙把我的生命打开。

果真，到了2022年，我写出了这一批小虫子。就是这些白纸黑字的"小虫子"。等待好久了。从童年到中年。但好饭不怕晚啊，我很担心我的文字比不上那些既老实又狡黠的小虫子们。

如果要说《小虫子》的写作收获，我想了想，应该有三点：

第一，生活奖赏的是有心人，你要学会挖掘与你生命有关的素材。

第二，每个人都不是天才的写作者，要学会挖掘，就得学会反复的自我训练。

第三，写出好作品，需要大量的阅读，比如我读了好多年的《昆虫记》，我就写出了属于我自己的，一个苦孩子的《昆虫记》。

所以，一起加油吧，这个世上爱虫子的我们，每个人都有一部自己的《昆虫记》呢！

母亲的泪眼

傻孩子记的是虫子们的仇。

有一天，傻孩子又冒出了一句傻话。

这句傻话他憋在心里好多天了。

他发现母亲的眼里总是阴雨天。

母亲说他真是傻孩子，那不是淌眼泪，而是她的眼睛容易惹虫子。

为了证明她说的全是真的，母亲让傻孩子帮她吹眼睛里的虫子。

后来，虫子没能吹出来，一摊口水却落在了母亲脸颊上。

母亲一边擦口水，一边笑。

"你是不是想把我吃了？"

"难道我是唐僧肉？！"

小虫子

傻孩子没说话。

后来，傻孩子眼睛里手掌里嘴巴里，全是躲在母亲眼里的那些虫子。

六指奶奶看不过去了。
"下辈子，你会变成虫子的！"

傻孩子并不相信下辈子。

有一天，傻孩子在院子里冲凉。
母亲抬头看了看月亮，又看了看他。
傻孩子的身上竟爬满了虫子。
虫子精！真的是妖怪呢，虫子精！白天里装作傻孩子的模样，到了月亮下，虫子精就现出了原形。

其实那不是虫子，而是明暗不一的伤疤呢。
听到傻孩子在月光下给她历数每一道伤疤的来历，母亲很生气。

母亲想不到他是个记仇的人。

许多虫子吃过傻孩子，傻孩子也吃过很多虫子。

傻孩子记的是虫子们的仇。

傻孩子有过许多名字，有一个名字很独特："老害"。

知道傻孩子叫"老害"的人不多了。

比如父亲和母亲，还有六指爷，那个总喜欢用右手多出来的第六根指头"传染"给他的六指爷。

他们都走远了。

都不在这个地球上了。

傻孩子是父亲母亲的第十个孩子。

"老害"：累赘和负担。

傻孩子还是固执地认为，不完全是累赘，也不完全是负担，"老害"就是指"害人虫"。

"要扫除一切害人虫，全无敌！"

土墙上总是有这样的石灰水刷的口号。

小虫子

傻孩子趁着没有月亮的晚上，贴在墙根，踮着脚把上面的字一个个抠掉。

那些石灰水的字跟着发着暗光的土块往下落，沙沙地响，像有很多虫子在黑暗中乱窜，又有许多蒙面小偷在飞檐走壁。

"老害"出生后十天，母亲用旧头巾把他包好了，放到了那只老竹篮里。

那是母亲用二十个鸡蛋跟人家货郎换过来的老竹篮。

负责拎走老竹篮的人是六指奶奶。

六指奶奶出去走了一圈，又把老竹篮和竹篮里的"老害"拎回来了。

"为什么送不掉呢？"六指奶奶拎着傻孩子的招风耳说，"讨债鬼啊，还不是为了前世的债！"

六指奶奶的指头肉乎乎的，傻孩子的耳朵一点也不疼。

蜜蜂与怪孩子

万一的事，也是有过的。

春天是个奇怪的季节。

田野里全是花。桃花。梨花。杏花。油菜花。野麻菜花。蚕豆花。豌豆花。紫云英花。黄苜蓿花。

沟渠里也是花。荠菜花。紫地丁花。宝盖草。婆婆纳。蒲公英。雀舌花。野荞花。就连草垛的角落里，也冒出了许多小小的叫不出名字的奇怪花。

肆无忌惮的花把村庄染得香喷喷的。

很多蝴蝶、很多蜜蜂跟着飞了过来。

到了春天，村庄里也会出现许多怪孩子。

有一个怪孩子，大部分时间里在说话，停不下来地说，说啊说啊，不知道他肚子里为什么有那么多的话，也不知道他为

什么这样喜欢说话。没有人听他说话，大家也没时间听他说话。油菜花开了，麦子拔节了，该做的农活多着呢。

到了晚上，大人们有闲空说话了，但他们说的都是大人们之间的事。这个喜欢说话的怪孩子总是会插话，说的都是他白天没有说完的话。

"你不开口，没人怀疑你是哑巴。"

怪孩子从来不怕被骂。

如果他多嘴了被骂，怪孩子更不生气。今天他在人家的屋檐下，偷偷找到了满满芦苇管的蜜蜂屎呢。他的嘴巴里全是蜜蜂屎的甜呢。蜜蜂屎的甜不同于茅针和芦根的甜，茅针和芦根的甜是寡淡的甜。蜜蜂屎的甜也不同于榆钱和槐花的甜，榆钱和槐花的甜是水水的甜。蜜蜂屎的甜也不同于高粱秆和玉米秆的甜，高粱秆和玉米秆的甜是干巴巴软绵绵的甜。

酸甜酸甜的蜜蜂屎是实打实的甜。

但这甜是不能说的，说出来就要被骂。草房子的屋顶是麦秸秆，麦秸秆的卜一层是坚硬的芦帘。芦帘都是一根又一根长长的芦苇管编成的。

蜜蜂们最喜欢在屋檐伸出来的芦苇管中"屙屎生蛋"。

怪孩子眼睛尖，他早看到了蜜蜂生蛋的那管芦苇头上有虫眼。

怪孩子总是趁着人家的狗没有发现，偷偷把这管有虫眼的芦苇扳下来，再躲到草垛里把这管有蜜蜂屎的芦苇咬开。哎呀呀，里面全是黄黄的粉末。黄黄的粉末酸甜酸甜的。有时候，黄黄的粉末里面还有小白虫子，可那也是甜甜的白虫子啊。

满鼻子的油菜花香。满嘴巴的蜜蜂屎。甜得太正宗的蜜蜂屎。怪孩子有太多的幸福要说出来，但他又不能说得太明白。只好转弯抹角地说。东躲西藏地说。顾左右而言他地说。

有时候，怪孩子的话就拐得太远了，再也拐不回来了。

怪孩子太想告诉大人们了：蜜蜂们聪明着呢。找有蜜蜂屎芦苇管的人太多了，有人发明了芦苇管"钓"蜜蜂屎的办法：弄几根稍粗一些的芦苇，用菜刀把它切成一段一段，一头空一头带节，然后用稻草把好几节捆成一小捆，模仿成"屋檐"的样子，塞到过去有过"蜜蜂屎"的土墙上。但过了几天，芦苇管里往往是空的。

没有一只蜜蜂会上当的！

怪孩子的话太多了。大家就当他什么话也没说。

七岁八岁狗也嫌呢。

小虫子

　　每隔一段时间，怪孩子又会变得特别懂事。突然不爱说话，也突然不多嘴了。有人问他，为什么不说话了，为什么不多嘴了，为什么变成哑巴了？

　　怪孩子还是不说话，只是抿着嘴巴笑。

　　后来还是大约猜到了原因，这个怪孩子，肯定是不想让人家看到他的豁牙呢。

　　怪孩子到了换牙季了，他肯定是不想让人家知道，他嘴巴里的"大门"被人家借走了呢。

　　无论大人们怎么调侃怎么激将，怪孩子从来不反驳不辩解，还是抿着嘴巴笑，一副金口难开好脾气的模样。

　　其实大人们粗心了，怪孩子出问题了。

　　他的舌头被蜜蜂蜇了呢。

　　这是因为"甜"惹出来的事故呢。

　　屋檐下有蜜蜂屎的芦苇管都被小伙伴们找寻光了，还是有人发现了另外一种残酷的"甜" —— 蜜蜂蛋。

　　"蜜蜂蛋"在蜜蜂的肚子里，要想吃到"蜜蜂蛋"，就得捉到活蜜蜂。

　　怪孩子早准备了一只玻璃药瓶，瓶盖上戳出了两个眼，里面是蜜蜂爱吃的油菜花。

所有的蜜蜂都爱油菜花。

吃饱了油菜花粉的蜜蜂，就像喝醉了似的，特别喜欢钻到土墙缝里打瞌睡。

怪孩子的目标就是那些钻土墙缝的蜜蜂。

怪孩子将瓶口对准洞口，再用一根稻草伸进洞里戳蜜蜂，被惊扰了的蜜蜂很生气，嗡嗡嗡，嗡嗡嗡，东倒西歪地爬出来，正好落到了怪孩子手中的瓶子陷阱里。

瓶子差点从怪孩子的手里滑下来。

怪孩子赶紧抱住变沉了的瓶子。

吃饱了油菜花粉的蜜蜂实在太重了。

怪孩子躲到了谁也发现不了的草垛里。

他要吃"蜜蜂蛋"了 —— 也就是蜜蜂肚子里的甜。

吃"蜜蜂蛋"是一门绝世功夫，从瓶子里小心取出那只蜜蜂，把蜜蜂头部和肚子拉成两段，扔掉头部，留下肚子，再从肚子里找到一滴无色透明的液体蛋。如半个米粒大小的液体蛋，也就是"蜜蜂蛋"！

往往到了这时候，怪孩子的嘴巴里已满是口水了。往往到了这时候，他依旧会深吸一口气，慢慢探出那根已馋甜甜了

小虫子

一万年的舌头，微微舔那个"蜜蜂蛋"：这是世界上最甜最甜的蛋呢。

往往到了这时候，怪孩子就"失忆"了 ——"蜜蜂蛋"上有蜜蜂刺的！

他的舌头被蜜蜂刺准确地蜇中了。但怪孩子还是毫不犹豫地把"蜜蜂蛋"吃下去了。又疼又甜。疼中带甜。

疼中带甜的甜仿佛比从未吃过的甜更甜。

过了一会，怪孩子的舌头就肿起来了。疼痛和肿胀把怪孩子的嘴巴塞得满满的。

怪孩子只能变成哑孩子。

怪孩子，哑孩子。他的舌头已成了肥大的猪舌头。

怪孩子吃"蜜蜂蛋"吃得实在太快了。

完全可以慢下来的，别人不会抢。怪孩子反省了一会，还是停止了自我反省。万一别人过来抢走他的那最甜最甜的"蜜蜂蛋"呢。

万一的事，也是有过的。

越来越肿胀的疼痛让怪孩子的眼中噙满泪水，他还是不能说出他的疼痛。

如果开口说话了，怪孩子用疼痛换来的甜就从嘴巴里跑出

蜜蜂与怪孩子 （邵展图 绘）

小·虫子

来了。

　　如果父亲知道他被蜜蜂蜇伤了，肯定会用最初的办法给他
治蜜蜂蜇伤呢。

　　那还是他更小的时候，怪孩子误撞了一个胡蜂窝，愤怒的
胡蜂全向怪孩子扑过来。怪孩子吓得赶紧往家里跑，细腰长身
子的胡蜂还是扑到了他的脸上头上。

　　怪孩子被蜇成了一个大头娃娃。

　　父亲让怪孩子自己撒一泡尿，然后再用他的尿一一涂在
"大头娃娃"的脸上，父亲涂抹的动作很粗鲁，有些尿还是涂到
了他的嘴唇上。

　　父亲肯定会用这样的方法对付他嘴巴里那根肿胀的舌头。

　　他不能既吃了甜，又吃了尿。

　　他只能做那个抿着嘴巴笑的金口难开的怪孩子。

　　过了一段时间，怪孩子又成了一个多嘴的孩子。再过一段
时间，他还会成为一个懂事的孩子，抿着嘴巴笑、不说话的好
孩子。真正是好了伤疤忘了疼。

　　好了伤疤，为什么还要想起疼呢？

　　怪孩子想，甜多么重要，蜜蜂屎的甜，蜜蜂蛋的甜，比那
些伤疤，比被蜇的疼重要多了。不说话也没什么，甜就和疼痛

一起被他紧紧关在嘴巴里，再也跑不出来了。

花还在开，蜜蜂还在飞，怪孩子还在田野中奔跑。

疼和甜的几次战争后，怪孩子觉得"甜"没有变，而"疼"，渐渐小多了。

再后来，怪孩子的舌头再也感觉不到"疼"了，甜甜的春天就这样过去了。

被蜻蜓欺负的人

他还是觉得全世界都在欺负他。

有段时间，他特别喜欢生气。

因为有人说他像只小田鸡：胳膊细，肚皮大，整天呱啦呱啦，整天蹦来蹦去，就是只小田鸡呢。

母亲说像田鸡有什么不好的，人家还没说你像癞蛤蟆呢！

也有人说他像螳螂：脾气不好，喜欢歪头斜眼看人，动不动就挥舞着两只小胳膊就扑过来，十根长长的脏指甲抓到哪里哪里就是十道血痕，这不是好斗的螳螂是什么？

于是，他又继续生闷气。

母亲说，嘴巴长在别人的身上，人一生下来就是让别人说的，还好人家没说你像一碰就爆炸的蝼蛄呢。

母亲的话很不好听。

但他是不会生母亲气的。

母亲头上的白头发太多了。六指奶奶说了，只要儿子一次不听话，妈妈头上的白头发就多出一根。

如果有人说他像蜻蜓，他就不生气了。

偏偏没人说他像蜻蜓。

他喜欢蜻蜓。

蜻蜓太聪明了，很少有人能捉到正在玩耍的蜻蜓。黄蜻蜓，青蜻蜓，黑蜻蜓，红蜻蜓。振动翅膀的蜻蜓们像有绝世轻功一样，悬停在荷叶上，悬停在树枝的顶尖上，悬停在最危险也最美丽的草尖上。

蜻蜓们的悬停，蜻蜓们的盘旋，蜻蜓们的警惕，都让他崇拜得不得了：他捉过很多虫子喂老芦，但他从来没有捉过蜻蜓喂老芦。

有人想捉蜻蜓的时候，他总是站在一边，在心中暗暗为蜻蜓加油。

蜻蜓们落下，旋即又起飞，晃动的草茎像是骄傲的食指在摇动，在嘲笑那徒劳的捕捉者。蜻蜓们依旧悬停在空中，乔其纱般的翅膀在阳光下微微闪光。

他知道，那闪光的还有他的小骄傲。

他的担心永远是多余的。

蜻蜓们的眼睛太大了，警惕的它们得比他还仔细还小心呢。

小·虫子

其实，他最像蜻蜓呢。

他不止一次去池塘边的水面上，看池塘里自己的小影子，那是一个张开双臂准备飞翔的小男孩，一个既像蜻蜓又像飞机的男孩。

蜻蜓像飞机。玉蜻蜓飞机。黄蜻蜓飞机。青蜻蜓飞机。黑蜻蜓飞机。红蜻蜓飞机。

飞机可比火车厉害多了，运气好的时候，天空中会有飞机轰鸣的声音，那声音需要耳朵特别尖的人才能听到，然后就比各自的眼力了，有人说看到了飞机，还看到了飞机尾巴上的红五角星。

看到飞机，他们总会有一个仪式，一群伙伴追赶着天空中的飞机，大声喊：飞机飞机带我走啊。

也不知道飞机上的人听得到听不到，反正飞机走后，天空中会留有一道白色的飞机云。

像是飞机在天空中铺设的云路。

有人说这飞机是飞到上海去的。也有人说这飞机是飞到北京去的。

他觉得都对，飞机想飞到上海就飞到上海，飞机想飞到北京就飞到北京。

上海的蜻蜓北京的蜻蜓，都是从他们村庄飞过去的。

每当有飞机云出现在天空中的时候，他会躺在草地上，仰看那一道伸向远方的飞机云。

有时候，飞机云会被太阳映照得透亮，就像玉蜻蜓的翅膀。

有时候，飞机云会被晚霞映照得通红，就像红蜻蜓的翅膀。

有时候，飞机云既没有被太阳照亮，也没有被晚霞照亮，而是慢慢地散开了，就像他的满脑子的忧伤。

天上的飞机看到他，像不像蜻蜓看到地上的蚂蚁？

一想到这个问题，他就很难受。

说不出的难受。

于是，他又去池塘边张开双臂模拟蜻蜓模拟飞机。

他既不像蜻蜓，也不像飞机。

有一只飞过池塘的黑蜻蜓，把尾巴轻轻在水面上一点，平静的池塘上全是越来越大的水圈圈。不一会儿，满池塘的云就被碎开了。

不知从什么时候起，听不到天上的飞机声了，也看不到飞机了。

有人说飞机飞累了，休息了。

有人说飞机不喜欢他们村庄了。

有人说因为他们喊的"飞机飞机带我走啊"声音太难听了，把人家飞机吓着了。

没有飞机，就再也看不到飞机云了，天空中全是丑陋的云，碎裂的云，笨蛋的云，群魔乱舞的云，总是下雷暴雨的云。

后来大家就把飞机的事给遗忘了。

在那个晚霞特别滚烫的黄昏，先是有一大团一大团雾样的小蠓虫向他成团飞来。每一个蠓虫团里有上亿只小蠓虫。跟着小蠓虫后面出现的是飞机般盘旋起伏的蜻蜓们。

小蠓虫是蜻蜓的食物，蜻蜓总是跟着小蠓虫屁股后面的。

他觉得蜻蜓们在空中抢吃小蠓虫的样子实在太丑了。有两只蜻蜓为了抢吃小蠓虫，竟然翅膀和翅膀就碰在了一起，后来一起掉到地上去了。

这两只蜻蜓实在太狼狈了，他看着它们在地上拍打着翅膀，然后又带着灰尘飞起来了。

他在心中已不承认它们是蜻蜓飞机了。

后来，他成了黄昏里气喘吁吁的小屠夫，满头大汗的小屠夫，也是黄昏里沮丧不已的小屠夫。他狂舞着手中的竹扫帚，蜻蜓们翅膀折断的声音像烧晚饭时折断芦柴的声音，清脆，响

被蜻蜓欺负的人　　（邵展图 绘）

亮。折断的芦柴在他怒火的炉灶里噼啪燃烧。

地上全是半个翅膀的蜻蜓尸体，已快要把他的脚背给淹没了。

他还是很生气。天空中还是有那么多的蜻蜓，无穷无尽的蜻蜓涌现在他的头顶，他听到蜻蜓们无边无际的嘲笑遍布了这个无望的黄昏。

后来，他索性扔掉了扫帚，蹲下来，双手抓起地上的碎蜻蜓们，开始放声大哭。

空旷的打谷场将他的哭声传得很远。

他越是哭，大家就越是笑。母亲笑声最响亮，说大家都看到的，真是莫名其妙呢，是他在欺负人家蜻蜓，又不是人家蜻蜓欺负他呢。

满手的蜻蜓的确没有欺负他，他还是觉得全世界都在欺负他。

于是，他哭得更响亮了。

鼻涕虫恐惧症

要是有一顶火车头帽子就好了。

那年夏天，他又一次成了全家的笑料。

全是因为鼻涕虫。

只要看见了鼻涕虫，母亲就笑喊他出来看。

母亲这样说，就是要来证明她冬天说的话没有错。

"叫你不要乱擤鼻涕吧，都长成鼻涕虫了吧。"

"你家的鼻涕虫都出来寻亲了呢。"

父亲跟着说了一句。

"都是自家人，有什么不好意思的。"

父亲的话是压垮他的最后一根稻草。

他更加不敢出来了。

偏偏那些鼻涕虫总是最闷最热的时候出来寻亲。

在那个夏天，他的全身热出了许多痱子，全是带脓头的痱

小虫子

子。但为了预防碰到那些鼻涕虫，他还是不敢出来乘凉。

有脓头的痱子似乎有耳朵有嘴巴，它们的耳朵是听得到母亲喊他出门乘凉的呼唤的。只要听到了母亲的笑喊叫，它们就会张开嘴巴合唱。

他全身就有了一阵阵过电的疼痛。

被痱子"电"完的他，恨死了那些脾气和他一样犟、拼命往墙上往树上往门板上爬的鼻涕虫。

母亲不完全是在吓唬他呢，那些鼻涕虫爬过之后，都会留下一行行歪歪扭扭的鼻涕，过了不久，这些歪歪扭扭的鼻涕就干成了一道闪闪发亮、像银子又像薄冰一样的痕迹。

这都是鼻涕虫们固执的寻亲小路呢。

一想到这，他头脑里全是没有雷声的闪电，他更不会出来乘凉了，闷热的汗水从他的头上一颗颗冒出来，他想把自己热死。

要是有一顶火车头帽子就好了。

冬天和鼻涕总是相伴而来。

他不知道什么是伤风，什么叫过敏，反正到了冬天，他就得换了一个名字：鼻涕虎。他的身体里似乎有一个鼻涕工厂，产生的鼻涕种类有：清鼻涕，白鼻涕，黄鼻涕，绿鼻涕。

实在太冷了。必须不停地奔跑，呐喊，追逐。空旷的田野里全是鼻涕虎的嗓音。

叫"虎"是错误的。

他一直认为不能叫鼻涕虎，而应该叫做"鼻涕龙"。

鼻子下两行调皮的鼻涕一点不像老虎，连老鼠都不像呢。它们就像藏在山洞里的小龙一样，会时不时从洞穴里探出来撩人。

他哪里有空闲手管得到它们呢。

但他有"吸龙大法"：鼻孔里使劲一抽，抽出来的力气仿佛一双手，拽住了小龙尾巴，鼻涕龙就暂时回到鼻孔洞里了。

过了一会，鼻涕龙又恢复了它们的调皮，再次探出洞口。

在鼻涕龙的偷袭快要成功的时候，他会祭出"灭龙大法"——两只棉衣的袖筒成了灭龙的法器。左袖筒一下，右袖筒一下，鼻涕龙就被消灭在袖筒上了。

还没过一个冬天呢，他的两个袖筒油汪汪的、亮晶晶的，上面都是鼻涕龙的尸体。

鼻涕龙是无法斩草除根的，它们总是前赴后继，它们总是源源不断，如果真正计算下来，他每年消灭在袖筒上的鼻涕龙连接起来，可以绕村庄一圈呢。

后来，在母亲无数次的呵斥下，他不再把鼻涕擦到袖筒上了。

有时候来不及逮鼻涕龙，他就呼哧呼哧地把鼻涕临时"吃"回去了。更多的时候，他会大声擤鼻涕。

他擤鼻涕的声音实在太响亮了。

整个村庄都听到他擤鼻涕的声音，呼啦，呼啦。

他的鼻子被自己擤得剧痛，那些被擤出的鼻涕龙后来就出现在了板凳腿上、榆树根上、土墙上，还有桌腿上、草团上……

如果再把这些鼻涕龙连接起来，他每年消灭在土墙上的鼻涕也可以绕村庄一圈，每年消灭在榆树干上的鼻涕同样可以绕村庄一圈。

他实在太讨厌鼻涕了。

他也讨厌自己擤鼻涕的声音。

他曾无数次梦见有一顶火车头帽子。帽檐和帽耳都是毛绒的火车头帽子，没有风的时候帽耳朵可翻上去的火车头帽子。有风的时候就把有毛绒的帽檐和帽耳朵全放下来的火车头帽子，全部拉下可以遮住耳朵遮住脸蛋的火车头帽子，把帽耳朵下的丝带扣上可以把脸遮住鼻子也遮住的火车头帽子。镶边的毛料子都是柔软、轻巧、暖和的骆驼绒火车头帽子。

如果有了骆驼绒的火车头帽子，他的耳朵是不会生冻疮的，他的脸蛋是不会生冻疮的。那些妄想趁着天冷偷偷跑出来的鼻

鼻涕虫恐惧症 （邵展图 绘）

涕龙一定会被火车头帽子热死的。

他从来没有拥有过一顶火车头帽子。

把鼻涕龙遍种全村的冬天肯定不可避免了。

谁能想到那些冬天种下的鼻涕会长成夏天的鼻涕虫呢。

软软的，黏黏的，外表看起来像没壳的蜗牛，就像一截截鼻涕一样，来到他眼前蠕动呢。

他能有什么办法呢？

应该说这些鼻涕虫就是他自己的孩子。虽然不想看到它们，但的确是他的孩子啊。那些清鼻涕变成了透明的鼻涕虫。那些白鼻涕变成了白色的鼻涕虫。那些黄鼻涕变成了黄色的鼻涕虫。那些绿鼻涕变成了绿色的鼻涕虫。

透明的鼻涕虫白鼻涕虫黄鼻涕虫绿鼻涕虫都在喊他的名字。

它们生怕他听不到，还拼命地往高处爬，爬到最高的地方喊他的名字。

它们都是他的孩子呢。

它们还写下了证明材料：就是鼻涕虫爬过的痕迹。那些歪歪扭扭的、闪闪发亮、像银子又像薄冰一样的痕迹，和他在衣服前襟上、土墙壁上，还有榆树干上，擦在稻草团上，然后塞到灶膛里烧掉的鼻涕龙尸体是一模一样的。

都是抵赖不掉的证据啊。

自家的孩子自己带走呢。

怎么带走？

还用那个盛过自己的老竹篮？

还是用玻璃瓶？

要不就偷偷去抓一把盐，洒在它们那儿把它们化成一摊水？

如果被大人看到，他们肯定会说：看看，心狠手辣的老害！

但他实在太讨厌鼻涕虫啊。

再后来，他不但不能看到鼻涕虫，只要听到"鼻涕虫"这个词，他就会把眼睛紧紧闭上，耳朵使劲捂住，鼻子紧紧捏住，然后，他的头开始晕了起来，天和地也跟着他一起旋转，扶着墙走也走不稳的旋转。

六指爷说他这种症状是低血糖综合征，喝碗红糖水就好了。

母亲说这是什么低血糖，完全是好吃佬综合征。

他什么话也不说，屋顶在旋转，院子在旋转，院子里的榆树在旋转，天空在旋转，地球在旋转，风呼呼地响，地球越转越快，他快抓不住自己了。

要是有顶火车头帽子就好了。

尺蠖与飞鸡

母亲肯定怀疑他给老芦通风报信了。

准备把他送走的老竹篮一直都在家里。

大部分是他在使用老竹篮：装青草，装青菜，装萝卜，装山芋，装芋头。有时候，他会装上一只大南瓜。

刚刚从草丛里被他逮回来的大南瓜不说话，好像在赌气。

老竹篮才不管大南瓜呢，一直在啰啰嗦嗦。

吱呀，吱呀。吱呀，吱呀。

仿佛在做大南瓜的思想工作呢：有什么想不开的，真是一只呆瓜呢。

又仿佛是对着快拎不动篮子的他喊：加油，加油！

这只老竹篮实在太结实了。

用了很多年，还是像他刚认识它的样子。

有时候，老竹篮要放上母亲在搓衣板上搓好的衣服和床单，母亲让他跟着她拎到水码头上去汰洗（母亲要拎木桶和杵衣棒），他再负责把老竹篮拎回来，陪着母亲把竹篮里的衣服和床单晾晒在院子里。

母亲晾晒衣服的时候，会习惯性地看头顶上的榆树。

榆树很高很大，榆树荫像旧棉花团落在别人家的草屋顶上呢，一般不会落到院子里来。

母亲说，他家院子里原来有许多树——构树、楝树、杨树，现在留在院子里的，只能是"有用"的榆树。

这棵榆树结出来的榆钱，又肥又嫩，全是甜甜的汁水。

榆树是有用的，老芦也是有用的。

老芦是特别会生蛋的芦花鸡，鸡冠鲜红，羽毛蓬松。六指爷开玩笑说，你们家老芦是把整个芦苇荡最漂亮的芦花都偷放到它身上了。

他负责给老芦捉虫子。

母亲说虫子相当于肉，老芦吃了虫子肉，生蛋的力气越来越大。

老芦生的蛋越来越大，又红又圆，光芒四射，像母亲手中的小太阳。

有时候，母亲表扬老芦，也会给他戴一顶"有用"的高帽

小虫子

子：我们家老害还是有用的。

每到这时候，老芦会盯着他看。它肯定知道他叫老害。

受到表扬的他，会在母亲的呼叫声中，像猴子般蹿上榆树。他是在树叶中间给老芦寻找活虫子呢。黑豆子一样的榆鳖。金豆子一样的金龟子。蓝豆子一样的蓝叶甲。黄豆子一样的黄叶甲。绿豆子一样的绿毛萤叶甲。小豆子一样的瓢虫。

这些虫子，都是"活肉豆子"呢。

吞吃了许多"活肉豆子"，老芦下的鸡蛋更大了。

后来，老芦成了抬头走路的母鸡 —— 它会仰头看榆树，树上面有它喜欢的"活肉豆子"。

老芦最喜欢的是"活肉豆子"，一种叫"吊死鬼"的虫子。

那时他和老芦都不知道它的学名叫尺蠖。

如果不是梅雨季节，他们家院子里的风和阳光都是很好的。

绳子上母亲晾晒的衣服和床单很快就干了。

没有了床单和被子的拥护，从榆树上蹦极而下的"吊死鬼"虫就被老芦发现了。

此时的吊死鬼是靠吐出的丝悬挂下来的小青虫，它们真的很像是在滑降。

滑降到地面上的它们，会钻到地底下蛰伏，过几年成蛹，

尺蠖与飞鸡　　　　　　　　（邵展图　绘）

然后羽化，再飞到榆树上，产卵，孵出小青虫，再次成为年轻的"吊死鬼"。

但老芦有的是耐心。

那些软绵绵的，有弹性的，在风中荡来荡去，准备产卵的"吊死鬼"一点点靠近地面……但正好自投罗网呢。

那罗网，就是树下的老芦等待已久的嘴巴。

过了一段时间，吊死鬼会调整滑降的绳索——它停在更高的地方荡秋千了。

"活肉豆子"们离老芦的嘴巴也越来越远。

但老芦是有翅膀的啊。

老芦拍打翅膀。张开翅膀。腾跃起来。

它啄到了半空中的"活肉豆子"！

六指爷正好看到过一次老芦飞捉"吊死鬼"，惊呼道：你家老芦成精了！它会生金蛋的！

母亲相信六指爷的话。

他也相信六指爷的话，那只装过他的老竹篮，肯定会装满老芦生的金鸡蛋。

"吊死鬼"产卵季节过去了，老芦既没成精，也没下金蛋，反而闯祸了。

榆树上没有"吊死鬼"了，已学会了飞的老芦不再在地上走路了，改成了飞 —— 它总是飞到人家的草屋顶上寻虫子。

人家上门告状了。

被告状的不是他，而是老芦。

母亲听了很别扭，但人家没有冤枉老芦啊。

老芦被母亲训斥的时候，他也在场呢。听上去，母亲不像是在训斥老芦，而是在训斥他。母亲训斥老芦的那些话，就是过去母亲训斥他的话。

过了几天，老芦又偷飞到了人家的草屋顶上。

当然又有人找上门告状了。

那天晚上，母亲拿着一把打过他的扫帚在家门口等着，同时还让他盯着，不要让那个不听话的老芦悄悄钻到鸡窝里去。

老芦像是知道了什么。

母亲和他等到了半夜，老芦也没回来。

母亲很失望，用很怪的眼神看着他。母亲肯定怀疑他给老芦通风报信了。

母亲想呼唤老芦，但又不好意思大声喊。

母亲让他喊，他呼唤老芦的嗓音也不大。连续找了两条巷子，失望的母亲愤怒了起来，说一定要关老芦禁闭。又找了一

条巷子。母亲顿时心软起来，自言自语说，如果回来了就既往不咎。

母亲在这个夜晚的自言自语，老芦是听不见的，只有他一个人听进去了。

母亲带着他又去河边找了好几个草垛和灰堆，还是没有发现老芦的踪影。

回到家，失望的母亲抹起了眼泪。她估计怕回家的老芦因为躲藏在角落里，正好被偷鸡的黄鼠狼发现了，然后把送上门的老芦给捉走了。

这晚是有月光的，他决定爬到榆树上再寻寻看。

院子里的母亲越来越小了。

他爬到了榆树的最高处。

月亮把全村的屋顶和烟囱都照得清清楚楚的。草屋顶很白。老烟囱很黑。他把他的小眼睛睁得最大，来回搜索。

终于，在隔了两家草屋顶的黑烟囱下，他看到了"飞鸡"老芦。

他向老芦招了招手。老芦一动不动。他使劲地招手，老芦依旧一动不动。

地上的母亲说鸡都有夜盲症的，到了晚上，什么也看不见。

他觉得月光下的老芦还是对他眨了眼。

如果没有风的话，村庄的早晨总是被一层平流雾所笼罩。平流雾既像淡淡的苦愁，又像是无意的畏叹。醒来的人们就在平流雾里走过来，走过去。那些平流雾也跟着人，慢慢地移过来，拢过去。

突然，快速奔跑的母亲和他把平流雾搅成了麻花团状的乱雾。这些乱雾团横冲直撞，把吃早饭的村里人撞得目瞪口呆。

前面是母亲，她手里举着一只绿螳螂，柔声地呼唤老芦。

他像跟屁虫样跟在母亲后面，举着一只灰螳螂，跟着呼唤老芦。

绿螳螂和灰螳螂是他饲养在蚊帐里吃蚊子的极品螳螂。

庄台上吃早饭的人都自动排了队伍，跟着他们奔跑。

平流雾搅成的乱团全部碎了，雾气中全是他们用筷子敲着粥碗呼唤的声音。

"飞鸡！飞鸡！开飞机了！"

"飞鸡！开飞机！生金蛋！"

他有点想笑，但必须憋住。

"飞鸡"老芦被惊动了，飞越一个屋脊，又飞越一个屋脊，离他们越来越远了。要不是父亲出面请放鱼鹰的老张过来，他不知道轰动全村的窘迫场面还要持续多久。

小虫子

放鱼鹰的人手中都有一根特制竹篙，竹篙的头部绑了一个机关，可以勾住水中鱼鹰的脚，让鱼鹰回到鱼鹰船上，把嘴巴里的鱼吐出来。

捉老芦比捉鱼鹰简单多了。

太阳升起来了，平流雾像潮水一样退去。

全世界只剩下了抱着"飞鸡"老芦往回走的他。

母亲拿起剪刀的时候，老芦的小眼睛紧紧盯着他看，好像责怪他告密了，又好像是求他救它。

他只好回过头看地上的老竹篮。

老竹篮是空的，它的把手已经被拽变形了。

被剪去半个翅膀的老芦耷拉着脖子，萎靡了一天，坚决不吃他捉过来的大肚子螳螂，也不吃母亲特地给的碎米。

第二天，大肚子螳螂全被老芦吃掉了，老芦也恢复了低头走路。

再过了几天，老芦恢复了在灰堆里扒拉觅食睡觉的习惯。

但这个故事就这样留下来了。

村上的人常这样回忆往事：哎，就是老害家"开飞机"的那一年啊。

有关袋蛾的科学实验

袋蛾变成新嫁娘了呢。

袋蛾都是天才裁缝。

没有一件袋蛾裁缝过的"睡袋"是相同的。

袋蛾"缝"睡袋的线是用吐出的丝缝制的，衣服的材料却是"随缘"，吐出的丝线遇到叶子就逮住叶子，遇到树枝就逮住树枝，遇到草丝就逮住草丝，遇到纸屑就逮住纸屑 —— 只要是可以做睡袋的，它们都能"缝"出不同材质纺锤形睡袋。

袋蛾睡袋还是里三层外三层的软甲。有了这样的软甲，睡袋里的袋蛾就可以很安全地用丝将纺锤形睡袋挂在树枝上，荡过去，荡过去。

袋蛾总是优哉游哉地荡它的"睡袋"。

袋蛾目中无人，也目中无鸟。

没有一只鸟能啄食到"纺锤睡袋"里的袋蛾，也没有一只鸡能吃到袋蛾肉。无论它怎么啄，怎么抓，怎么挠，也破不了

那层坚韧的软甲。

他决定用袋蛾做一次科学实验。

做实验的三张半糖纸是现成的。

在他捡到这些糖纸之前，糖纸们包裹过的甜滋滋的糖果早已经是别人舌头上的蜻蜓。但就是这样，他依旧感谢这些吃过那些神秘糖果的人。如果他们不吃掉它们，这些糖纸就不可能扔在地上，也不可能从各个角落里被他发现，再来到他的手里。

那些彩色糖纸被他放在水中浸润，又被他仔细洗干净了。

洗干净的糖纸再来到阳光下，就像新糖纸。

他一直珍藏着这些糖纸。

有时候，闪闪发亮的糖纸会变成一颗颗饱满而完整的糖来到他的梦中，但他从来不敢剥开来，只是放到鼻子前嗅一下。白白胖胖的糖果都藏在里面，就像一个又一个甜甜的梦，在梦中像蜻蜓一样飞过来，又飞过去，他像扑蜻蜓一样张开双臂，努力想拍打到这些糖果蜻蜓。有时候，这些糖果蜻蜓会俯下来，掠过他的鼻尖，他的额头。待到他的指尖快碰到它跟蜻蜓的时候，这些聪明的调皮的糖果蜻蜓又会迅速地飞远了，留下一缕缕飞机尾烟般的香气。诱人的甜，惹人的香，再醒来的时候，

有关袋蛾的科学实验　　（邵展图 绘）

他满嘴都是馋出来的口水。

他最最喜欢的是那半张红色玻璃糖纸。

准确地说，那是大半张玻璃糖纸，这还是他跟一群蚂蚁抢过来的。

虽然有残缺，但却是独一无二的。

当初捡到它的时候，这褶皱的糖纸里全是污泥，还有一些贪吃的蚂蚁。

对付污泥和逃不掉的蚂蚁，他有的是办法。对付褶皱特别不容易，他使劲抹过，还想粘在背后面睡觉碾平，那些小的褶皱依旧顽固。再后来，他将玻璃糖纸弄湿，带着水，然后平贴到母亲铁皮梳妆盒里的小圆镜子上。

本来他还担心母亲每天会用到小圆镜，后来发现母亲根本不用这个小圆镜。

过了三天，他把糖纸从小圆镜上取下，玻璃糖纸上的褶皱不见了。

他用大剪刀小心剪开了有袋蛾的"纺锤秋千"。

这场景不能不令他想到母亲不让他睡懒觉的场景 —— 被子被母亲暴力掀开，阳光直接喷在脸上，还有他没穿任何内衣的身体上。

如果袋蛾会骂人的话，此时此刻，它肯定在用最不好听的话在骂他！

无论袋蛾怎么骂，也无法阻挡他手中的剪刀。

但他的手还是颤抖了，这只袋蛾的"防护服"真是做得好啊，外层看上去乱糟糟的，里面竟然有好几层，似乎是尼龙做的，用力多剪了几剪，这才剪开了它的"防护服"。

防护服里的袋蛾不安地蠕动着，像一个胆小鬼。

一点不像蚂蚱的脾气大呢，蚂蚱的脾气是一蹦三尺高。

他仔细看了，这只一动不动的黑袋蛾像大号的老鼠屎。

没有任何伤痕，剪刀没伤到它，或者它成功地躲过了他的剪刀。

玻璃瓶子也是现成的。

老鼠屎般的袋蛾被他安放到玻璃瓶子中。

他开始剪第一张金色的糖纸。第一剪有点舍不得，但实验即将带来的大惊喜还是击败了那舍不得。

他狠狠下了一刀，剪刀的嘴巴张得太大了，差点吃到了手指头。

他停下来，又看了玻璃瓶子里的袋蛾。

刚刚被扒了外套的袋蛾把头抬了起来。他赶紧转移了视线，

怕这个快要成为新母亲的袋蛾看出了他的羞怯。

第一张糖纸很快变成了一层黄金雪。黄金雪慢慢下在了玻璃瓶里，袋蛾似乎避让了一下，但它的头上还是沾上了一层金粉。

他加快了剪糖纸的速度。

等到他把第三张红色糖纸剪成红雪撒在袋蛾的身上时，袋蛾已明白他的意思，开始配合他的实验，开始吐丝，丝粘住了金蓝红三种颜色的雪。

不一会，有了一个彩团。

第四张玻璃糖纸剪得最好看，撒到玻璃瓶里的时候，就像给袋蛾下了一场玻璃雪。

玻璃糖纸全消失了。

他把装有袋蛾的玻璃瓶带到了灶房，藏在身后的草堆里，开始烧午饭。午饭烧好之后，他又开始观察袋蛾的吐丝工程。

还是有几片大一些的玻璃雪片没沾得上去，但就是这样，袋蛾用沾满了金粉、蓝粉、红粉和玻璃雪做成了一件世界上最美丽的新嫁衣。

袋蛾变成新嫁娘了呢。

正在出神地看着彩色粉团的袋蛾沿着光滑的瓶壁往上爬的他被回来吃饭的母亲抓住了。

母亲问他做什么。

他吓了一哆嗦。

为了防止母亲误以为他干了什么坏事，他把这瓶子里的彩色新娘袋蛾亮给母亲看了。

母亲没让他扔掉瓶子。

吃完午饭后，他公开坐在门槛上看这个彩色新娘袋蛾慢慢沿着瓶壁往上爬。

彩色新娘袋蛾很想爬出瓶子外。

但它是逃不掉的，瓶子拧得很紧呢。过一会，他把瓶盖松了一下，他怕拧得太紧了，又会闷死这只袋蛾。

父亲回来的时候，彩色新娘袋蛾已将自己粘到瓶盖上了。

父亲对这个玻璃瓶很感兴趣。

为了给父亲表演魔术，他拧开了瓶盖，粘在瓶盖上的彩色新娘袋蛾被他"拔"了出来。后来，他又塞了进去，然后再拔出来。

父亲用筷子指着彩色新娘袋蛾说，真像一颗彩色子弹呢。

母亲也觉得这只彩色的袋蛾像彩色子弹。

他的全身都在狂笑。

再后来，父亲还没有吃完午饭呢，不知道刮起了一阵什么

风。肯定是有一阵风的，而且是怪风，吹到了父亲的喉咙里。

还没吃完饭的父亲开始打嗝。一个嗝接着一个嗝。

他心里一惊，手中的瓶子就跌落在地 —— 落在泥地上的瓶子滚了几滚，没有跌碎，但瓶盖和那只彩色新娘袋蛾就滚了出来。

一直守候在一边的老芦冲上去，叼走了有袋蛾的瓶子盖。

等到他赶走老芦，追回瓶盖，发现袋蛾的彩色袋子还粘在瓶盖上，但只剩下空空的彩色睡袋了！

下午他哭了半天。

这日子没劲透了。

母亲告诉他，父亲的打嗝就是被他下午的尖叫吓好的。

母亲允许他再做一个新袋蛾。

再做一个？糖纸怎么找？他连糖都没有吃呢，哪里有糖纸，还有玻璃糖纸？！

但他在下午还是爬上了榆树，捉了好几只袋蛾，有大，有小。

依旧是用剪刀给袋蛾们脱去了软甲，但这些脱去软甲的袋蛾像是商量好了，坚决不肯往彩色嫁衣里钻。

晚饭还是他烧好的。

但他没吃晚饭，早早上了床，他实在太伤心了。半夜里，他醒了过来。因为有人往他的嘴巴里塞了一只剥好的鸡蛋。他本来想不吃，但他的舌头不允许，舌头让他的嘴巴张开。舌头还不知道鸡蛋是什么滋味的时候，那鸡蛋就被肚子里的馋虫子拽进肚子里了。

　　早晨起来，老芦看他的眼神不一样了。

　　他想起夜里吃鸡蛋的事，但他不知道这是他的梦，还是昨天晚上真实发生的事。

　　他没敢问正在给锅铲锅灰的母亲，只是将瓶子中依旧不肯钻新嫁衣的袋蛾们扔给了老芦。老芦很狐疑地看了看他。

　　他已欠下了老芦一万只虫子债。

蝼蛄鞭炮

蝼蛄会给他挠痒痒呢。

那一年，他最喜欢的虫子就是蝼蛄了。

他很想把这个"特别的喜欢"告诉母亲。

但母亲和六指奶奶她们坐在榆树的荫凉下"说淡话"呢。

"说淡话"是土话。不知道有没有"说咸话"。长大了他才明白，"说淡话"的意思类似于"拉家常"。

他站在边上听大人们"说淡话"。他一点也听不进去。她们说到的"某人某人""某家某家"，总是说一半，藏一半。

他听得云里雾里。大人们说着说着，有时候会一起大笑起来。有时候会一个跟着一个抹眼泪。有时候会一个跟着一个叹息，像是做叹息接力赛似的。有时候说着说着，会神秘地压低声音，东张西望，仿佛有个天大的秘密⋯⋯

往往在这个时候，六指奶奶就会发现他，责问他刚才偷听到了什么。

他点了点头，又摇了摇头。

六指奶奶不相信他，如果不偷听的话，脸上是不会露出奸笑的。

母亲帮着六指奶奶指证，说这个老害的确是在奸笑。

母亲还落井下石：如果老害奸笑了，就证明他闯祸了。比如过去，这个老害夜里尿床了，被她抓住了，他就是这样奸笑的。

天啦！在大人们哄笑之前，他赶紧躲开了。

他才不是尿床，才不是闯祸呢。

其实大人们根本不想拷问他，母亲也嫌他烦，让他不要出现在她的眼头里，滚得越远越好。

于是，他出去"滚"了一圈。

但"滚"到外面也没有意思，因为他的好奇心丢在大人们那里了。

他又是挨到了"说淡话"的大人圈附近了。

真正成了一个执着的偷听者。

六指奶奶指给他母亲看，说："哎哎哎，他们家老害要喝奶了呢。"

大人们都哈哈大笑起来。母亲也跟着哈哈地笑。

他没有办法，只好再次蹿远。满心的可惜。

谁也不想看他手中的宝贝啊。

如果大人们抓住他拷问他，你为什么站在这里偷听呢？他会如实坦白如实交代的：他手中是有宝贝的，两个"孙悟空"正在他的"如来佛"掌心里呢。

还是有人发现他手中宝贝蝼蛄了。

蝼蛄就是土狗子。短翅膀，短腿，不会飞，只会跳。当然跳也跳不高。灰头土脸，笨手笨脚，如果仔细看，活像一条窝在地上睡觉的小小土狗。

又丑又没用。

蝼蛄不像蚂蚱能成为蚂蚱肉。蝼蛄没有多少肉，如果一定要让老芦吃的话，得把蝼蛄的头给掐掉，用蝼蛄的胖肚子喂老芦。即使这样侍候，老芦只肯吃一只 —— 它也怕吃了生出一个"又丑又没用"的蛋来。

蝼蛄也唱歌。

母亲说它是反嗓子，实在太难听了。

的确，蝼蛄的歌声比起蝈蝈的歌声，真正是远了十万八千里。蝼蛄不像知了壳值钱，知了壳积攒起来，等货郎老李过来，可换零花钱，也可换成糖。

但说蝼蛄一点用也没有，他是绝对不赞同的。

蝼蛄会给他挠痒痒呢。每天出门，他都是一手一只蝼蛄，蝼蛄在他的空心拳中。为了逃出去，蝼蛄总是用前足拼命抓他的手。蝼蛄的爪子不像蚂蚱那样有锯齿，抓得一点也不疼。它肯定以为他的手也是土，抓不出一个洞，就会圆溜溜的头在手掌心里使劲拱来拱去，真是给他挠痒痒。

笨头笨脑的挠痒痒。缩手缩脚的挠痒痒。秘不示人的挠痒痒。厚脸皮的蝼蛄。不自觉的蝼蛄。姥姥不疼奶奶不爱的蝼蛄。蚂蚱咬过他。螳螂的大刀砍过他。连小蚊子、蚂蚁、跳蚤和虱子都咬过他。但蝼蛄从来没有咬过他一口。

又丑又笨的蝼蛄似乎也知道他喜欢它。别人走过，蝼蛄不会从土里钻出来。只有他走过，蝼蛄就像土行孙一样，奇怪地从土里钻出来，直往他的身上扑。那些撞到灯光下的蝼蛄，第一个撞的人也是他。

"人和人好，鬼跟鬼好，小矮子和土行孙好。"

那一年，因为这句话，他和蝼蛄跟那些不喜欢蝼蛄的人较量上了。

"土行孙怎么啦？"六指爷说，"土行孙打败过哪吒，也擒住过二郎神呢。"

小虫子

　　那一年，有很长一段时间，他是全村最孤单的人，又是全村最快乐的人。他是如来佛，每天都有"孙悟空"在他的手掌心里，像玩游戏一样，挠痒痒，翻筋斗。

　　无用的都很憨。

　　无用的都不凶。

　　他主动教过其他小伙伴玩，但人家说双手握着蝼蛄，听上去像傻瓜，做起来也像是傻瓜。和蝼蛄玩的人都是傻瓜。

　　他们说，蝼蛄根本不会在手掌心里挠痒痒。

　　这是因为小伙伴们的手捏得太紧了。捏得太紧，蝼蛄就以为他要捏死它，它当然要在他的手掌心里搞鱼死网破的挣扎了。

　　挠痒痒挠多了，就一点也不痒了。

　　他不知道这个手掌心的痒是什么时候消失的。

　　但那些蝼蛄并不知道，依旧像土行孙一样从土里钻出来，依旧往他身上撞。

　　它们真像那些没人疼没人爱的赖皮土狗呢，满身都是跳蚤，偏偏喜欢扑到人眼头里讨欢喜。

　　后来，他就冷落这些蝼蛄了。

　　他又回到了小伙伴中。

　　还是有人提到了蝼蛄和土行孙。

蝼蛄鞭炮　　　　　　　　　（邵展图 绘）

被冷落之后的蝼蛄，除了会钻地挖土，看上去一点也不聪明，真的又丑又无用。

事情是耙田的时候发生变化的。

耙田是栽秧前的事。总是要将收割之后的麦田深耕，用抽水机灌水，这是泡田的过程，等土完全泡松之后，就是耙田了，再沉淀一定时间，就可插稻秧了。

耙田的主将绝对是老穷叔。这也是老穷叔最风光的几天。牛很听老穷叔的话，平时蔫不拉叽的老穷叔站在牛后面的耙上，就完全变了一个人。

他就这样被老穷叔的牛把式迷住了。为了讨好老穷叔的牛，他连自己家的猪草都不打，给牛割了许多牛草。

割牛草的结果是老穷叔奖励他骑到牛背上耙田。

蝼蛄就是在牛耙田休歇时候出现的。

挖洞的蝼蛄漂浮在灌满了水的水田面了。那些蝼蛄快速摆动着它的狗爪子，拼命在水中游来游去，像是在喊他救命。

他又想起了那些挠痒痒的时光。

老穷叔以为他想玩蝼蛄，捞起了三只蝼蛄，扔到田埂上，然后用他的厚脚板，狠狠地踩下去。

"啪！啪！啪！"

蝼蛄鞭炮爆炸了!

"连响!"

老穷叔也是调皮鬼呢。

蝼蛄不叫土行孙了,而叫做鞭炮虫了。

鞭炮虫是他的叫法。噼噼啪啪响的爆响可以吓人一跳的。没有人怕听到公鸡叫,又没有人怕听到猪叫,更没有人怕听到牛叫。青蛙叫蛤蟆叫蛐蛐叫更是不会吓人一跳的。

这日子太需要吓一跳了。绵绵寂寥中的鞭炮声是最爆响的,每年过年的时候,父亲只会买200响的小鞭炮。如果能在200响的小鞭炮中找到一枚哑巴鞭炮,他会藏起来,然后剥开,再点响,那就是特别幸福的事了。

鞭炮虫响起来的时候,声音新鲜,刺激。爆响的声音猛然跑出来吓人一跳之后,又跑向了远方。

他又可凑近那些"说淡话"的大人了。

噼噼啪啪响,鞭炮虫的爆响把她们吓一跳。

他的小脚板实在太厉害了,就像铁脚板呢。说实话,装鬼把人吓一跳是没有用的。突然的鞭炮虫的爆响才是真的把人吓一跳。

噼噼啪啪,干脆,响亮。

小虫子

大人们果真被吓了一跳。

"小矮子，土行孙，吓人打光棍。"

他一点也不生气："土行孙怎么了？六指爷说土行孙后来找的老婆可漂亮了。"

噼噼啪啪，噼噼啪啪。

他又可以和小伙伴一起玩了，看谁的鞭炮虫踩得最响。

直到稻子收完，幸存的蝼蛄们都躲到深洞里去了，鞭炮虫的游戏才渐渐停了。

呼呼呼，呼呼呼，第一阵西北风刮起的时候，天在生气，风在生气，他在生气，母亲很生气，指责他的光脚板是在学二流子。

母亲的潜台词是想让父亲管，父亲最讨厌的人就是二流子。

他很不甘心地把光脚板套到鞋子里了。

被逮到鞋子里的光脚板一直沉默着，沉默里全是对于制造爆响的渴望。

天牛、孙大圣和"抓一斤"

三天不惹祸，实在太难了！

三少。鼻涕虎。好吃佬。打碗精。尿床宝。小癞子。讨债鬼。糊涂虫。跟屁虫。老害。

…… 以上这些名字，都属于总是惹祸的他。

天牛。孙大圣。"抓一斤"。

…… 以上这三个名字，都属于那只惹祸的天牛。

他惹出来的小祸大祸实在是太多了。

母亲早不用巴掌直接教训他了，母亲说把她的手打疼了不划算。

代替母亲手的，是一把高粱扫帚。

高粱扫帚打散了之后，是榆树枝。

榆树枝抽断之后，是桑树条。

桑树条比榆树枝结实，顺手，还特别"吃肉"：打一下，一条紫萝卜般的记号。

这样的记号很难消掉了。往往旧的记号还没完全消净，他又开始惹祸了。新的记号只好再次叠加在旧的记号上，像绞在一起又凑不成拳头的小指头。

有时候，母亲也稍微心痛一下，他身上的那些横着竖着的记号，是他的"熬不住"，是他的忘性。

"我保证以后再不闯祸了！"

他会抢在母亲掉下第一颗眼泪之前说出来这个保证。

他在心中给"以后"规定了一个时限：三天！

三天不惹祸，实在太难了！

有几次，他真的坚持了一天不惹祸。

每每到了第二天，总会有个陌生小孩在他的头脑里兴奋地对他说：

"妈妈已有一天不打你了呢！"

他不喜欢这个声音，只要这个陌生小孩的声音出现了，即使他小心再小心，他必定会惹祸。接着，一些新记号再长出来，"勾"出母亲的眼泪，"勾"起他无休无止的悔恨和乱想。

他总是想到六指爷说的哪吒三太子惹祸之后的故事。

他什么时候才能真正懂事呢？

懂事的人，耳朵都很尖。

不闯祸的时候，他真的能听到地底下蝼蛄掘土的声音，能听到很远很远被麻雀抓住的螳螂翅膀挣扎拍打的声音，更能听懂母亲说了很多次没听进去的话。

他还能听到别人家教训小孩的声音。

只要是别人家教训孩子，哪怕是在吃饭，他也会赶紧夹了两筷咸菜，捧着碗，就往外走，走到那个教训小孩的人家，一边吃，一边看热闹。

说来也怪，那天中午，他去小上海家看热闹，小上海的父亲脾气很火爆。手中是竹扫帚。竹扫帚比桑树条要厉害得多呢。

他正感慨竹扫帚呢，那个坏小孩再次从身体的水底下浮上来了：

"妈妈已有好几天不打你了呢！"

他心一慌，手一抖，手中的空饭碗跌落在地，再慌慌张张捡起来，瓷碗边已有了一个小小的缺口。

后来，新鲜的记号出现在抓不住碗的手上。

他一直不吭声。

他不记恨母亲，也不记恨母亲手中的桑树条。

小虫子

这根桑树条本来是他折回来准备做弹弓的。

自己把自己关在院子里实在太无聊了。

榆树上有两只知了在一长一短地叫。准备生蛋的老芦涨红了鸡冠，咕咕咕咕地啰嗦，估计是抱怨他在它的鸡窝前走来走去，影响了它的生蛋工作。

他索性待在墙角看天看榆树。

打破了碗，被母亲惩罚。这是天经地义的，他不太喜欢太热的时候被母亲惩罚。冬天被母亲惩罚，手往长袖子里一缩，别人根本发现不了他手上的记号。但太热不一样，没有长袖子可以掩藏手上的记号，也不可能在这个大热天套上破手套的。

过了一会，榆树上飞过来一只喜鹊。叽叽喳喳的。榆树上只剩下一只知了在叫了。过了会，两只知了都不叫了。不知道是不是喜鹊吃掉了知了，还是知了被喜鹊吓住了。

又过了一会，喜鹊拍打着蓝翅膀从榆树上飞走了。

他扭头目送喜鹊，猜测着它的方向。

一棵长满了小灯笼样的楮桃果的楮桃树出现了。

喜鹊这家伙吃完了知了这道荤菜，一定去啄楮桃果换口味了呢。

小红灯笼样的楮桃甜得很呢。

他羡慕起喜鹊了。又黑又瘦的光膀子如果是翅膀那该多好啊。

　　于是，他光脚蹿出村外。

　　导航器就是喜鹊的叫声。

　　那只叫"抓一斤"的天牛就是在楮桃树上碰到的。

　　开始他没瞧得上这只天牛。

　　这只后来叫"抓一斤"的天牛实在太普通了。每年夏天都有无数个这样的黑星天牛。还有黄星天牛，比黑星天牛、黄星天牛更漂亮的红颈天牛。

　　长出了翅膀的天牛不好烤着吃了，但是很好玩。拎住天牛的长须，天牛会张牙舞爪地挣扎，嘎吱嘎吱地咬叫。

　　天牛比赛驮石头拉车。比赛拔河。比赛打架。放在水盆里用它的两根野鸡毛翎般的触角比赛钓乌龟。都没多大意思。

　　有时候，可以用一根细线绑住天牛头上的鸡毛翎，把它提起来，天牛会呜呜地打转，转了一会就不肯转了。

　　有时候，它会转傻了，不停地转，转得根本停不下来。

　　后来的"天牛游戏"又换成了"抓半斤"：看谁手中的天牛臂力惊人，能否抓住的东西最重。

　　有些天牛抓东西的重量能达到半斤。

小·虫·子

　　抓到半斤重量的天牛就被叫做牛魔王。

　　牛魔王实在太难遇到了。他逮到的天牛和他一样，力气很小，根本抓不到半斤，三两重的树枝就抓断了手脚。

　　达到牛魔王级别的天牛触须很长，翎子上的节起码有十五节。

　　据说是一岁一节。十五节，就是十五岁。

　　十五岁，就是那些已挣工分的"半劳力"的十五岁哥哥的大块头呢。

　　与那些牛魔王相比，这只在楮桃树上等着他的、后来有两个名字的黑星天牛很普通，背着黑底白星的壳，头上顶着一对黑白相间的长触角，数起来不超过十节。

　　可这只黑星天牛气场实在不一般，嘴巴像两把尖尖弯弯的钢刀。最厉害的是它的黑眼睛，眼睛里有亮东西，还斜着眼睛看他。

　　楮桃叶间有颗即将爆炸的红楮桃。

　　难道这是它守护的楮桃？

　　六指爷说过许多奇异的昆虫守宝的故事。

　　他咽下了口水，缩回了手，决定放过那只大楮桃。

　　那只黑星天牛竟然转了过来，盯着他的手。

他试着把印有记号的手放到背后，黑星天牛依旧盯着它。黑眼睛已不像是黑眼睛了，就像透过了一副黑镜，目光里全是挑衅。

盘旋在楮桃林上空的喜鹊依旧在叫，但不再是刚才慵懒的叫法，多了嘲笑的味道。

他的犟脾气就是这样上来的。

胡乱摘下并吞食掉那只汁水即将爆炸开的红楮桃，他的力气不但没有变大，反而变得更小了。

他逮不走那只后来有两个名字的黑星天牛。

这只后来有两个名字的黑星天牛的抓力太大了，它死死地抓住脚下的树枝。为了把这只个子不大但抓力特别大的天牛完整无缺地带回来，他最好一手按着这黑星天牛，一手再加上全身的重量，这才扳断了黑星天牛死死抓住的楮桃树枝。

楮桃树枝的新鲜断面不断流出了白色汁液。

他很庆幸这只黑星天牛是在楮桃树枝上的，如果是在韧性十足的桑树枝上，他无论怎么用力，也扳不断桑树树枝的。

"妈妈有好几天不打你了呢！"

忽然，他又听到了那个坏小孩的声音。

他手上还有记号，但他已不再在乎别人看他的手。

因为他有天牛孙大圣了。

这是他的孙大圣，还是戴墨镜的孙大圣。实在太像孙大圣了，颈部多了尖尖的刺，这是天王老子也不能惹的倒刺。身披黑底圆星的铠甲，黑白相间的触须，如同身穿战袍孙大圣头顶上的两条长翎子，完全可以上天去跟玉皇大帝大闹天宫。

这只孙大圣抓握一斤重树枝的样子，真的就像是孙大圣抓握金箍棒。

他给孙大圣吃米粒吃黄豆米吃红楮桃。

他用它放风筝：抓住它的长翎 —— 孙大圣一点也不像其他天牛懒惰，孙大圣就拍打着翅膀飞舞起来，黑底上的白圆星星晃成了一道调皮的光。

孙大圣会给他按摩：把它的六只有力气的爪子轻轻放到手臂上，孙大圣就会紧紧手臂，一上一下地按摩他的手臂，然后再轻轻拿开，手臂上的皮肤会有力地弹回去，从来没有撕扯破他的手臂。

孙大圣抓重还是第一名。

孙大圣抓起来的树枝绝对超过半斤。

"抓一斤"，是小伙伴们给他的孙大圣的第二个名字。

他喜欢"抓一斤"这个名字。孙大圣比牛魔王厉害。"抓一斤"比"抓半斤"还多半斤呢。

天牛、孙大圣和"抓一斤"　　　　（邵展图 绘）

叫孙大圣也叫"抓一斤"的天牛在他的指挥下，随时可以被拎起双翅表演"大圣放风筝"，随时可以表演"大圣和金箍棒"（抓树枝），随时可以在胳膊上表演"大圣按摩"。

那天，他见母亲在发呆，主动让孙大圣给母亲表演一下"大圣按摩"。

母亲没说话。

但他认为母亲同意了。

他伸长脖子，仰起脸，把孙大圣放在了自己的额头上。

孙大圣从他的额头开始按摩，接着慢慢翻越了他的鼻子，就快到他嘴唇的时候，那根长翅的尾部扫到了他的鼻孔。

他的鼻孔就不合时宜地痒了。本来他还想忍一下的。但痒比疼更难忍耐啊，那个讨厌的喷嚏就这样从喉咙里鼻孔里嘴巴里冲出来了。

吱嘎吱嘎。吱嘎吱嘎。

"吱嘎吱嘎"是黑星天牛表示愤怒的声音。

他知道不好了，这个孙大圣从来没见过喷嚏呢。他还没来得及将孙大圣从脸上撤退，他可怜的嘴唇被孙大圣"亲"上了。

孙大圣那两把尖尖弯弯的钢刀嘴巴太锋利了。

他尖叫起来，后来声音小了下去。

他必须忍住不叫，叫声越大，钢刀嘴巴咬合的力道也更大。

母亲盯着他看了好一会，才明白发生了什么。

母亲哈哈哈笑起来。一直在笑，笑了起码一刻钟，等到她笑够了，这才抹掉笑出来的眼泪，开始救这个快要被孙大圣"吃"掉的人。

他的嘴唇上贴上了火柴盒侧面的黑硝磷片，但还是有血流到了嘴巴里，他随即吐了出来。母亲说太可惜了，不如咽下去，都吐掉了好几碗饭的营养了。

后来，他嘴唇上的血是止住了，肿了起来。

母亲嘴巴不笑了，但她的眼睛还在笑。

母亲一会说天牛嘴巴是有毒的，一会又说没什么大事，人的嘴巴上的肉是活肉，伤口很快就会愈合的。

不知道哪句话是真的。

院子里安安静静的。榆树上既没有知了，也没有喜鹊，连老芦都自觉地蹲在角落里打盹了。

他这种样子比手上有记号更不适合出门了。

那个叫孙大圣也叫"抓一斤"的黑星天牛还在他的手上。从他的左手爬到他的右手，又从他的右手爬到他的左手。藏在黑墨镜后面的眼睛里看不出有什么道歉的意思。他不知道母亲

出门有没有把他这个事当成笑话来说。

"你可不要跟人家说是我抓的。"

一想到母亲这句话，那个神秘的坏小孩又出现了，竟跟着母亲后面学嘴学舌：

"你可不要跟人家说是妈妈抓的。"

他开始找东西给这个既叫孙大圣也叫"抓一斤"的黑星天牛咬。

他要看它的力气能用到什么时候。

这个既叫孙大圣也叫"抓一斤"的黑星天牛开始不知道主人的意思，咬榆树叶，咬丝瓜藤，咬茄子梗，都是一咬两断。

后来他找到了他搓过的草绳，没有一咬两断。

但这个既叫孙大圣也叫"抓一斤"的黑星天牛愤怒了。

吱嘎吱嘎。吱嘎吱嘎。

不知道是它用了力在喘气，还是因为劳累了在骂人？

吱嘎吱嘎，服气不服气？吱嘎吱嘎，服气不服气？他也跟着这个既叫孙大圣也叫"抓一斤"的黑星天牛默默喊。

忽然，吱嘎吱嘎声消失了。

草绳竟被这个既叫孙大圣也叫"抓一斤"的黑星天牛咬断了。

后来，他按起这个既叫孙大圣也叫"抓一斤"的黑星天牛的头，将它头左侧的一根长翎子放到那两把尖尖弯弯的钢刀嘴巴中间。

黑星天牛咬住了自己的长翎。

咔嚓一声：断了。

它肯定再也飞不起来了，即使以后能飞的话，也只能歪着头原地转圈了。

他想笑，但受了伤的嘴巴绷得很紧，不能笑呢。

落在地上的黑白相间的长翎像一把断剑。这个既叫孙大圣也叫"抓一斤"的黑星天牛根本不看地上的断剑，而是歪着头盯着他。它的黑镜上出现了好几道裂纹。

他不敢看它。

过了一会，缺了一根长翎的孙大圣低下头去了，白色斑点的黑色铠甲像一片迷茫星空。那根剩下的一根翎角，遥指着神秘的远方。

这好像两清了，又像是没有两清。

这么一想，嘴唇的伤口处又疼了起来。

萤火虫，银簪子

谁画得长，谁就是冠军。

很多虫子飞过去了，还会飞回来，就像他没捉得住的萤火虫。

那些没捉得住的萤火虫们虽然永远也不能将黑夜点亮，但它还在坚持在黑夜里固执地闪烁。忽明忽暗，忽暗忽明，就像他的那些"鼻涕虎""尿床宝""大肉包子"这样的小名号。一个追赶另一个，有时候，前一盏灯熄灭了，后面的一个小名号又成为下一个萤火虫追逐的目标了。

后来，那些如萤火虫的小名号也消失在夏天里了。

逝去的人带走了他们的记忆，同样带走了他的那些小名号。

依旧活着的人已经衰老，他们也记不得他的小名号了。

他的大名覆盖了那些有特别痕迹的小名号。

但他对于他的那些好听的不好听的小名号，哪怕仅仅诞生过半天的小名号，都记得清清楚楚呢，还有母亲在夏夜里乘凉哼唱过的那个童谣。

那是他记忆中第一次听到母亲开口唱歌呢。

> 萤火虫，
>
> 夜夜红，
>
> 飞到西，
>
> 飞到东，
>
> 好像一盏小灯笼。

后来，他把有关写了这个童谣的文字给母亲看，母亲说她看不懂。然后他就回忆，说了很多话，还当着母亲的面把这首童谣唱完。

他没从回忆童年的温馨中走出来，母亲就噼里啪啦刽了他一顿，一口气列出了他两大罪状：

第一，胆大不孝顺，竟开她的玩笑。

第二，他读书读糊涂了，因为她从小到老，从来没有唱过歌，半句也没有。

母亲的怒刽，令他既羞愧又高兴。他长大之后，后来考上了大学，做了教书先生，母亲基本上就不刽他了。

但狠狠用话刽他的母亲才像是嫡亲的母亲啊。

童年时代的母亲，母亲的肚子里嘴巴里全是"火药库"，浓

烈的"火药味"会让他迅速回到童年。

母亲给他唱童谣的那天，母亲已先后㕮了他两次。

第一次是早饭后，他抱怨家里连一只鸭蛋都没有，母亲指着他的鼻子说：

"我们家没有鸭蛋，你应该投胎到有鸭蛋的人家去。"

母亲以为他好吃，想吃咸鸭蛋，其实他根本不是想吃咸鸭蛋，他只是想一只完整的鸭蛋壳。

他没跟急脾气的母亲辩解，跟母亲辩解肯定会再被㕮一次。

第二次被㕮是在晚上，院子里特别冷清，他记不得家里人去哪里了，反正只剩下母亲和他两个人。外面也没有月亮，到了吃晚饭的时候，他正准备去点灯，母亲又开始㕮他了。

"点灯干什么？吃饭又不会吃到鼻子里。"

对啊，吃饭当然不会吃掉鼻子里。

被㕮了的他赶紧扒完了晚饭，迅速溜出去了。他有太重要的事要做，这几天，几乎全世界的萤火虫来他们村庄开大会了，到处都是亮闪闪的萤火虫。红背萤火虫。黄背萤火虫。还有很少见到的黑背萤火虫。

伙伴玩萤火虫的方法很多呢。可以把捉到的萤火虫屁股粘到眼边，两个眼睛就变得亮晶晶的。可以把萤火虫搓在两只手上，在黑暗中的两只手就是亮晶晶的。可以把萤火虫放在脚下一拖，这样在地上就出现了一条发光的线。谁画得长，谁就是冠军。

这几天最时髦的玩法是"鸭蛋灯笼"：萤火虫放到空鸭蛋壳里，然后把鸭蛋的空头反过来，屋子里就多了一盏"鸭蛋灯笼"。

偏偏他家里没有一只鸭蛋。

他还是找了一只半斤装的农药水瓶，把外面有骷髅头的标签洗掉了。

没有鸭蛋灯笼，做一只茶色的"玻璃灯笼"也是非常了不起的。

等他抱着"玻璃灯笼"回到家，握着一把蒲扇的母亲还坐在黑暗中发呆。

母亲差点被他的"玻璃灯笼"闪晕了。

"你把它们放在农药瓶里？不会全毒死了吧？"

他说他洗了起码一百遍。

母亲笑了，"玻璃灯笼"照耀下的笑容特别好看。

"你不能把萤火虫放到帐子里啊，萤火虫会趁着你睡着了，钻到你的耳朵里吃脑子。你这人本来就笨，被萤火虫吃了脑子会更笨了。"

这个很迷信的说法，母亲说得特别认真。

小虫子

她不太像那个总是戗人的母亲了。

过了一会，母亲可能还是很担心他把萤火虫放到蚊帐里，又说：

"要不，你还是把它们全放掉了吧。"

母亲像是在求他。

他把"玻璃灯笼"的瓶盖拧开了。

没有一只萤火虫飞出来。

他凑近瓶子看了看，萤火虫们好像全昏过去了。

还是有农药味的。

他抱着"玻璃灯笼"摇了摇，还是没有一只萤火虫出来。

他使劲地摇瓶子，还是没有萤火虫出来。

母亲让他别摇了。

他一句话也没说，胳膊酸痛酸痛，心里更疼。他好像听到母亲心里在说："看啦，小糊涂虫就是小糊涂虫！竟然用农药瓶装萤火虫！"

可能他本来就是犟脾气，他在继续摇晃。"玻璃灯笼"随着他的摇晃，原来有的荧光慢慢暗淡了下来。

他的心也在一点点暗下去。

突然，有只黄背萤火虫摇摇晃晃地飞在他们的眼前，他搞

萤火虫，银簪子 　　　　　（邵展图 绘）

小虫子

不清是他手中"玻璃灯笼"里出来的，还是刚刚从外面飞过来的。反正，这只黄背萤火虫实在太亮了，是他见过的最大最大的萤火虫，简直就像他们家里的一盏小月亮。

母亲也盯着这只萤火虫看。他不敢呼吸了。

萤火虫围着他转了一下，接着放过了他，飞向母亲那边……

过了一会，萤火虫落到母亲的头上了！

天啦，实在太神奇了。

这只萤火虫像是母亲头上的"银簪子"！

母亲也意识到了自己的头上有"光"闪烁。母亲没说话，他也没有说话，"银簪子"在闪烁。

他多想这只"银簪子"在母亲的头上多留一会儿，要不，就永远留在母亲的头上啊。

后来，这只美丽的"银簪子"还是飞走了。

萤火虫，

夜夜红，

飞到西，

飞到东，

好像一盏小灯笼。

很多虫子飞过去了，还会飞回来，就像他没有捉得住的萤火虫，就像母亲那天晚上说过的话唱过的童谣，至今还在他的记忆深处闪闪发亮。

　　现在他每年都会见到萤火虫的，每次见到萤火虫的时候，他就格外想念脾气暴躁说话很冲总是㞞他的母亲。

　　"真像银簪子吗？你可不要哄我。"

　　过了会儿，母亲叹了口气，说："你老子都没给我买过一个银簪子呢。"

知了与小傻瓜

它们在地底下的时间实在太长了。

从未有一个春天，他是如此地渴望夏天。

他渴望夏天，其实是渴望知了们的出现。

过去的夏天里，知了和蚊子苍蝇一样，都属于他不喜欢的虫子。这家伙总是喜欢捣蛋，总是在中午放声大叫，吵得躺在门板上的父亲都睡不好午觉。

午觉睡不好的话，父亲下午就没有力气"苦"生活。

父亲没有力气"苦"生活，他们一家就要喝西北风。

大嗓门的知了都是聋子。

大声轰赶是没有用的。

他要想办法把这些噪音捣蛋者统统逮住。

待父亲结束午睡后，他去柴草堆抽出一根长长的芦苇，将芦苇的头弯成三角形，将蛛丝网绕在芦苇的三角形上，成为一张黏性十足的捕网，然后对准正在叫的知了，轻轻地靠上去——知了被粘到了。

如果不用蜘蛛网，他会制造面筋。他会吞下一把麦子，一边替午睡的父亲赶苍蝇，一边在嘴巴里嚼、嚼。麦子嚼出来的汁水慢慢咽下去，最后留在嘴巴里的，是一小团黏性十足的面筋。

父亲睡醒之后，他已将嘴巴里的面筋吐出来了，安放在了芦苇的顶部。

面筋比蜘蛛网的黏性好。

处理知了这种捣蛋鬼有两种方式。

一种是知了的翅膀揪掉，扔给老芦。老芦不喜欢知了，它总是用拒绝吃知了表达了对吃蚂蚱的喜爱。蚂蚱们全是肉，知了只是空音箱，"拆卸"完了，仅是一点点屑子肉。没翅膀的知了往往就成了爬行昆虫。过了好几天，它还会在角落里吱吱吱的爬来爬去。

第二种处置方式是把那粘下来的知了的翅膀剪去一半。剪了一半翅膀的知了还会飞，但飞得不高，也飞不远，像刚会飞的小麻雀，既滑稽又笨拙，这反而引起了老芦的兴趣。不一会，知了就被老芦弄死了。

再后来，被老芦弄死的知了就被蚂蚁们扛走了。

夏天里，他要管的事实在太多了。

他得管搓草绳：搓出可以把整个村庄捆起来的那么长的草绳。

他得管编苇帘：用草绳和芦苇编出比巷子还长的苇帘。

他得管捉蚂蚱：拍打到的一篮子的蚂蚱给老芦吃、给父亲下酒吃，多下来的剁给猪吃。

相比猪草这种素菜，猪更喜欢吃掺有"虫子肉"的那种荤菜。

他得管摸河蚌：等父亲午睡完，他下河摸河蚌，牵着木澡桶，沿着河滩，一路往前摸，到了黄昏，满满一澡桶的河蚌。这是全家第二天的中午菜呢。

"管知了"这事实在太小了。

既无聊，又无用。

经过了这个春天，他感到自己和过去不一样了。

他长了一岁了。

他的那对招风耳也长了一岁了呢。

过去他的招风耳像筛眼比较粗大的竹筛，没心没肺的竹筛。母亲跟他说过的话，父亲跟他说的话，大人跟他说的话，都像风一样从粗大的筛眼里穿过去了，根本不往心里去的。

今年，长了一岁的耳朵忽然变了，"耳朵竹筛"变成了"耳朵渔网"。

"耳朵渔网"有意识地网住了母亲说过的话父亲说过的话别人的话。

每次他使用"耳朵渔网"时，眼睛总是闭着的。这样的话，那些大鱼小鱼一条也逃不出他的"耳朵渔网"。等到人家说完了，"耳朵渔网"收起来，他的眼睛睁开。

世界但是明亮了许多。

被他抄到"耳朵渔网"的那些话，都是明晃晃的"鱼"呢。

母亲也觉察到了他的变化，说他变多心了。

对于母亲的判断，他没肯定，也没否定。他的"耳朵渔网"已有收获了，他"网"到了"知了狗"和"知了壳"这两条"鱼"了呢。

某天晚上，父亲和六指爷喝酒时说了一句话：论有滋有味，还算烤"知了狗"。

某天黄昏，六指奶奶告诉母亲一个大新闻：去年有个人家，捡的知了壳都被货郎老李收走了，得了十块钱呢。

父亲所说的"知了狗"是刚刚爬出地面准备"升仙"的知了宝宝。母亲说的"知了壳"是知了宝宝刚刚"升仙"之后留在凡间的全套衣服。

小虫子

在树梢上拼命叫个不停的知了是成了仙的。

走东庄串西庄收"知了壳"的货郎老李，他也认识的。这家伙喜欢穿闪闪发亮的白衣服黑裤子。母亲说那料子是很值钱的"府绸"。货郎老李难得来一次，但只要一来，一定会要和六指爷和父亲这几个"勾魂鬼"混在一起的。

但夏天还没到来。

夏天的脚步实在太慢了。

他只能保持耐心等待。

在等待夏天的日子里，每天都能"看"到桌子上有碗喷香喷香的油炸"知了狗"，桌子下还有满竹篮的"知了壳"。

那不是满竹篮的"知了壳"，而是叮当叮当响的满竹篮的一分钱硬币。

世上的事常常是这样，越是他期盼的，越是姗姗来迟。

他已考察过了村里每一棵树。

他怀疑每棵树下都藏了肥胖的"知了狗"。

"知了狗"是知了的宝宝长成的。

"知了狗"的成长就像落花生呢，落花生的花朵开在地面上，花朵谢了之后，小小的果蒂就自动向下，往土里埋，在不被人注意的时候，悄悄在泥土里长成了落花生果。

　　和落花生的长大不同的是，落花生的生长仅需要两个月。"知了狗"的长成需要好几年呢。好几年前，芝麻粒大的知了宝宝像落花生的小小的果蒂，没有谁引导，也没有谁喊口号，宝宝们就接二连三，全部钻到土里睡觉了。这个睡宝宝很能睡，一睡就是好几年。

　　他每天都去看树（包括院子里的榆树）。

　　树下的青草长出来了，但没有松土的迹象。

　　树下的蒲公英都开了，还是没有松土的迹象。

　　后来有一天，他看到了一棵柳树下有一个小小的洞穴。这是一个新鲜的洞穴，这表示在这天夜里，有一颗"知了狗"已经"升仙"了，留下了一只小小的"知了壳"，被蚂蚁占领的"知了壳"。

　　他狠心赶走了蚂蚁们，捡起了这只"知了壳"。

　　这只"知了壳"有残缺，他还是欣喜的。

　　有第一只，肯定会有第二只。

　　他决定在这棵柳树下守候，他需要属于他的第一只"知了狗"，当然也需要第一只完整的"知了壳"。

　　第二天，他在柳树下转了三圈，终于看到了向阳的根部有

个土皮极薄的小眼，他怀疑是"知了狗"的藏身处。

等了一个时辰，那小眼几乎没动静。

他实在等不及了，把小眼一点一点地抠大。

很多泥塞到了他的指甲缝里了。

每个指头都有点胀疼。

他决定回去剪指甲。

但没剪指甲之前，还是要继续挖下去的。

果真，一只胖胖的"知了狗"就藏在小洞里呢。

"知了狗"对着他的手张牙舞爪，可能是它认为他妨碍它的好梦。

那爪子竟然是软的！

他一惊，"知了狗"也一惊，往回一缩，直接回落到很深的洞里了。

"知了狗"不是蝼蛄，它的洞只是一个洞。

他给这个洞灌满了水，再伸进一根草棒。

过了一会儿，草棒动了。

他拎起草棒，草棒的下端抱着那只胖胖的"知了狗"呢。

这是一碗油炸"知了狗"的开始呢。

出了地面的"知了狗"是要升仙的。

长这么大，他还没见过"知了狗"成仙呢。

六指奶奶说过，在这个世界上，无论是谁，每个人都有一个"踏生"的人呢。

"踏生"就是一个人出生后，第一个来到这个人家的外人。

刚出生的人，和这个"踏生"的外人，会有一种神秘的联系。

刚出生的人，性格上特别像这个"踏生"的人。

母亲说过，给他"踏生"的人是老穷叔。本来父亲安排"踏生"的人是六指爷，谁能想到呢，一直在牛屋的老穷叔阴差阳错，竟然抢在六指爷进门之前，到他家借锯子 —— 他想要锯掉牛屋后面的那丛乱长的苦楝树。

就这样，老穷叔成了给他"踏生"的人。

每次说到这个话题，母亲都不愿意继续说下去。

他想给准备升仙的"知了狗"踏生，盆子里的"知了狗"偏偏不升仙。它一动不动，像是死去了一样。

他知道它是在假睡。这是在和他对着干呢：他在等它"脱凡衣"升仙，它在等他走开好逃跑。

他决定不去撒尿了，和这只狡猾的"知了狗"对着干。

他熬了好长时间的尿，他咬着牙齿在熬。

母亲下工回家的时候，他还在和那只"知了狗"比赛呢。

母亲发现了他的脸色不对，问他怎么回事。他支支吾吾的，过了会儿，他还是向母亲求救了，如果再这样熬下去，他的尿泡就真的被涨破了。

母亲让他去撒尿。

这泡尿实在太长了，比他搓的绳子长多了，怎么尿也尿不完。

他越急越是尿不完。

他生怕那只"知了狗"已经在他撒尿的时候升仙了。他也懊悔自己为什么不早点去撒尿。在懊恼和后悔中，他终于撒完了尿，还连续打了两个尿颤。

待颤抖的身体完全静止下来，他觉得自己也脱了一次壳。

他赶紧往家里跑，母亲在忙晚饭，"知了狗"没有逃走，已开始蠕动，扭曲。

"知了狗"扭曲的样子显得特别痛苦，过了一会，"知了狗"大了一些，背部有条小小的裂缝。

他紧张得都不敢呼吸了。

"知了狗"背部的裂隙继续加大，接近透明的乳白色知了头昂了起来。后来，看到了那淡青色的蝉翼和躯体，再后来，知了的爪子和尾巴出现了。

这是新知了呢。

知了与小傻瓜　　　　　　（邵展图 绘）

小虫子

吃过晚饭，盖在碗里的新知了变成了黑知了，淡绿色的蝉翼也已变成黑色的蝉翼。

"知了狗"真的成仙了！

可能新知了变黑触动了母亲，母亲回忆了他小时候的事。他刚出生的时候也是个"粉团子"。后来长着长着，就变成了一只黑泥鳅。

六指奶奶说得不错呢，谁"踏生"就像谁。

他的欣喜很快就被惊喜所代替。他的"耳朵渔网"给他捞到了几个更加惊人的消息。去年那个人家捡的知了壳被老李收走了，得了一百块钱呢。原来不是十块钱。一百块绝对算是大钱了。一只知了壳换一分钱，一万只知了壳换一百块钱。

谁也不怀疑一万只知了壳的真实性，这是一个通过捡"知了壳"而发了大财的"狠人"呢。谁都想做那个传说中的"狠人"。

他也想做这样的"狠人"。

"知了狗"白天是不会出来的，它们喜欢晚上出来。

每天晚上，村里逮知了的人队伍越来越大，几乎每棵树下都有一个挖"知了狗"的人。想发大财的人，眼睛尖力气大跑得快。在那些人的面前，他们好像是老芦，而他，则像是老芦面前的蚂蚱。

他被那些想发财的人挤过来挤过去，最后挤到一个角落里去了。

他的力气实在太小了，总是被挤到了没有"知了狗"的树下。

还有，他还没有灯。

为了抓"知了狗"，那些人都举着火把，有人还购置了三接头的手电筒。

别人的光肯定是不给他借的。

有次，他看到了树干上有一只正在往上爬的"知了狗"，但等到他摸过去，却是凸出来的小树疤。

夏天过去一半了。

抓"知了狗"的人那么多，他们几乎每天晚上都在吃油炸"知了狗"，他们家里竹篮中摆满了"知了壳"。

那些"狠人"们还发明了暴力捕"知了狗"法——踩树！

用力踩树，很多趴在上面的"知了狗"和粘在上面的"知了壳"就被震落下来。

他也想去踩树，但他实在踩不动，他的力气还是太小了。

他怀疑"知了狗"全被那些"狠人"们抓走了。可到了第二

小虫子

天上午，枝头上还是有成仙的知了，它们在谁也管不着的树枝头高声唱歌。

它们是怎么躲过那些"狠人"们围追堵截的呢？

知了们不回答他，叫得特别响亮，像是在嘲笑他是个小傻瓜。

很多人在盼着货郎老李的到来。他不敢期盼 —— 老竹篮中也有十几个知了壳，都小得可怜。都是他起大早去树下捡的，也就是人家捡剩下的。

"知了壳"不是抓到的"知了狗"成仙的，而是野外自己成仙的。

大部分的知了壳都是不完整的。

在他收获到的十几个知了壳中，真正完整的，顶多五个。

一分钱一个，顶多五分钱。

手电筒的梦想越来越远了。

真的是无用呢。

但他的"耳朵渔网"并没有网到父亲和母亲抱怨他无用的话。

他怀疑父亲和母亲是他睡觉的时候说过这样的话了。

人为什么要睡觉呢？ 人睡觉的时候，耳朵为什么也睡死过去了呢？

他憋屈得也想叫，像知了一样拼命地叫。跑到树枝上的知了为什么要拼命地叫？它们在地底下的时间实在太长了。

夏天快要过去了。

屋子里还是像蒸笼一样，还是到有风的打谷场去乘凉。

那些枝头上的知了不仅白天拼命地叫，夜里也拼命地叫，实在太烦心了。

从来不想管闲事的父亲忽然来了兴趣，指着打谷场边的杨树问：

"想不想吃烤知了？"

他不知道该怎么回答，他还没有给父亲一碗油炸"知了狗"呢。

沉默中，他不敢看父亲。仰头看天，本来黑夜像一口大黑锅盖在头上，现在星星出来了，好像是这口大黑锅的漏洞。

远处的杨树上的确有许多知了，但一只也看不见。

正在迟疑间，父亲已起身抱来一堆麦草和菜籽秆，围放在杨树根的周围。父亲把这堆麦草和菜籽秆点燃起来。天气太干了，燃烧得很快。火光照见了父亲脸上的活泼和调皮，都有点不像父亲了。父亲不允许他玩火，但父亲自己是喜欢玩火的：每年正月十六，按照风俗要跨火堆去霉运，父亲会弄出一个全

庄最大的篝火堆。他不敢跳。父亲会第一个带头跳，跳得又高又飘。

见到火光，很多小伙伴围了过来。

父亲开始了他抓知了的绝技：用腿使劲跺杨树，火光把父亲的腿映衬得无比粗壮。杨树震动起来，很多树叶和被惊吓的知了们落了下来。知了们在慌乱中看到了火光，更加慌不择路，火焰燎到了它们薄薄的蝉翼。它们再也飞不起来了，彻底掉进了火堆里。

知了声消失了。

父亲停止了跺树。

火堆慢慢消灭了，黑夜又像一口铁锅盖在了头上。这口铁锅里散发出了烤知了的芳香。大家行动起来，手忙脚乱地在熄灭的火堆里扒拉熟知了。他也上前摸索了几下，摸到了几个硬家伙 —— 不是烤熟的知了肉，竟是不能完全燃烧的菜籽秆的根。

父亲弯下腰来，手伸进了火堆。

父亲的手好像练过铁砂掌，根本不怕烫。

父亲扒拉了一会，摸到了一个，说：

"来，小傻瓜。"

烤知了到了他手上的时候还有点烫。他赶紧剥食起来。烤知了的确不如烤"知了狗"有肉，但知了腹腔里那点肉被火烤过之后，更加有味道。

"来，小傻瓜。"

"再来，小傻瓜。"

等到第三只烤知了的肉消失在舌头下的时候，他才意识到父亲不是在骂他小傻瓜，而是说这只烤熟的知了叫小傻瓜呢。

……无数夜晚无数星光无数灰烬，统统会过去的，但他彻底记住了这个消灭了三个"小傻瓜"的夏日夜晚。

棉铃虫啊钻心虫

心疼。

很多道理，是长大之后才明白的：人怕钻心虫，农作物也怕钻心虫。

有了钻心虫的芦苇，风一吹，芦苇就断了。

有了钻心虫，稻穗都灌不了浆。

有了钻心虫，向日葵和玉米就不要想收获了。

所以啊，最坏的虫子，不是蚊子，也不是跳蚤，而是最阴险最狡猾的钻心虫。

棉铃虫，是所有钻心虫中最最狡猾的钻心虫。

它咬过了棉花花蕾，棉花的蕾苞两三天后就掉落。已经结成的棉花青桃，只要被它咬过了，剩余部分纤维很快化成污水，眼睁睁的，那些棉花青桃变成了烂铃。

好不容易长成的青桃啊。

心疼。

哭。

都来不及。

有关棉铃虫这种钻心虫，钻出来的，除了汗水淋淋的辛苦，除了扒不开胸口的心疼，还有像冒不出明火的浓烟一样呛人的暴躁脾气。

人的辛苦和人的暴躁脾气都像隐秘的曲线。

这隐秘的曲线像河流，有时候，它们是分开的。有时候，它们是重合的。一旦两条河流重合的话，平时的小河流就变成了大河流，汹涌的，刹不住脚的，浪花拍打上来，每个人的嘴巴里鼻子里全是浑浊的辛苦和暴躁脾气。

种棉花比种稻子赚钱，但也比种稻子辛苦。

本来在这个家里，脾气最大的是父亲。

种棉花的那个夏天，母亲发的脾气比父亲大多了，几乎和棉花田一样大。

种棉花的那个夏天，母亲发脾气的次数和棉铃虫一样多。

明明打过农药，但这些钻心虫还是很狡猾地躲在青桃里。

种棉花太麻烦了。

整枝。打杈。打农药。

农药又奈何不了它，钻到心里的虫子，它们都在花蕾或棉

铃里很安全地睡大觉呢。

最好的办法，就是同归于尽。

钻心虫们也不是每时每刻都钻在里面睡觉。那些钻心虫的幼虫们，在每天早晨露水干前（狡猾的它们竟知道早晚又有露水，不利于喷农药）会爬到叶面静伏。这是人工捕捉棉铃虫的唯一时段。

他看到了那些棉铃虫咬过的蕾苞掉在地上。

那些棉铃虫钻过的棉花青桃还没有掉在地上，但肯定会掉在地上的。

心疼。

他跟在母亲的身后，一片棉叶一片棉叶，正面搜查，反面搜查。

搜查到小棉铃虫，他就学母亲的样子，摘下它待过的棉叶，使劲一裹，再用力一捏，棉铃虫就在叶子中爆炸了。

他的速度没母亲快，力气更小，遇到稍大一点的棉铃虫，即使叶子裹住了，也是捏不死的。母亲就让他将裹住棉铃虫的叶子，用力向相反的方向一撕。

母亲的力气很大，只一下，叶子带棉铃虫就撕成两半了。

最肥的棉铃虫是蜷伏在棉桃里面的。胖成了黄虫子，这是要变蛾子的棉铃虫。变成蛾子就要产卵了，等于是坏蛋妈妈了，母亲让他直接按住它的胖头，把它的胖头生生扭断。

不能让它活。

它也活不了。

上午就那么一段短短的时间啊。

时间那么短，棉花那么多。

但种棉花比种稻赚钱啊。这无边无际的棉花大海里，有成群结队的棉铃虫在游泳。

他说他腰疼。

母亲说小孩没有腰。

为什么小孩子没有腰，大人才有腰呢？

母亲的话真的有用。

他的腰真的不见了，疼也不见了。

母亲的腰疼了起来。太阳升到半空，母亲和他浮出棉花田的海面呼吸。母亲全身潮湿，"疼"让她的腰都直不起来了。

母亲疼成了驼背老人样，弯着身子回到家里，喝点凉下来的稀饭，然后趴在竹床上，用拳头反敲打自己。

听到母亲在哼叫，他会剥开一段麦秸秆，在母亲背中央抹，使劲抹。

　　一段麦秸秆变软了，赶紧换上另一段。

　　母亲说好些了，但看到母亲紧皱的眉头，知道她还是很疼。

　　他要求母亲打他一下，这样解疼。

　　"打你就不疼了？！"母亲说，"打了你我腰更疼！"

　　"疼"让母亲的嗓音都变掉了。

　　那天晚上，也不知道怎么了，他从桌边站起来，没注意到父亲的腿，他的小腿就被父亲的大腿拦了一下，飞了出去。

　　他手中的碗比他飞得更远，同时飞得更远的还有半碗稀饭。

　　父亲就踢了过来。

　　他捂着被踢疼的屁股就去找碗，碗没有破，他又去找扫帚和畚箕。

　　当他还没把扫帚和畚箕拿到屋里的时候，家里的战争就爆发了。

　　刚刚还喊腰疼的母亲竟然扑向了父亲。

　　父亲东躲西闪，似乎根本不是母亲的对手。

　　母亲的腰好像不疼了。

　　这是一个在无声中打斗的夜晚，是一个遍地狼藉的夜晚，也是一个习以为常的夜晚。他什么话也不敢说，很多棉铃虫全爬到了他的身上，往他哆嗦不已的身体上爬，全钻到他的心里了。

棉铃虫啊钻心虫　　　　　（邵展图 绘）

他觉得自己就是一只巨大的棉铃虫。

他实在太仇恨那些小小的棉铃虫了。

等他像一条鱼游进棉花大海里的时候，那些正在站岗放哨的棉铃虫没有发现，更不用说那些喝酒聚餐的棉铃虫们了。

他没穿一件衣服，露水毫无声响地滴落在他的额头，又被他吃了下去。有些许的农药味，又有棉青桃的甜味。他啃过掉在地上的青桃，是甜的。

他捉棉铃虫的速度很快，他手中的力气很大，无论是裹在棉花叶中间的爆炸，还是裹在棉花叶中的撕裂，还有那些胖头棉铃虫的扭断。

消灭棉铃虫的战斗是如此迅速又如此顺畅。

在这个有月亮的晚上，棉花大海里的秋虫，棉花大海里的青蛙都在为他加油呢。

等到他浮出棉花大海的海面时，他第一眼就看到了远处村庄那些大大小小的黑烟囱们。

他找到了他们家的黑烟囱。

他们家黑烟囱的上方，挂着一颗闪闪发亮的星星勋章。

丽绿刺蛾的翅膀

他张大着嘴巴，嘴巴里含着他的六岁。

父亲心情不好的时候多于好的时候，比如父亲对于他们遗传了母亲的长相，比如父亲对于他们遗传了母亲的笨拙。反正到了最后，所有的罪过都是因为母亲。

往往那时候，早早逃出了家的大哥给他的忠告是：千万不要争辩，随他骂去；骂是伤不了身的，总比被他打好。

其实父亲发怒的时候并不总是骂人和打人。那次父亲和他蹲在防洪堤下"点"黄豆。"点"的意思就是播种，父亲用大锹挖一个种黄豆的窝，他负责往里面丢五颗黄豆种。

防洪堤上有许多杨树，而杨树是最容易生那叫"洋辣子"的虫。此虫颜色鲜艳，如虫界中的小妖精。更可怕的是，它身上细微的刺毛，在空气中飘荡，落到他们的身上，那刺毛就开始钻入皮肤中攻击他们 —— 又痒又疼，还不能抓，越抓越疼。不知道上天为什么要给人间安排这样阴险的虫子来惩罚他们？

他是在"点"黄豆的时候被"洋辣子"的暗器伤到了，还不止一处被伤到了。他很想抓，又不敢抓，只有一边点一边哭。父亲对他的哭很是不耐烦，问清了他哭泣的原因，他说：

"为什么我没被蜇中？等到你脸老皮厚了，它就蜇不中你了。"

他不知道这是什么逻辑，呆呆地看着他。他又说：哪有男人哭泣的道理？不许哭！

但是他继续哭，一边点一边哭。父亲将手中的大锹插立在地上，对他说：

"过来，我给你治一治"。

他就过去了。毫无防备，父亲从杨树的枝头逮到一只"洋辣子"，问他："哪里疼？"

他指了指胳膊的位置，父亲忽然将那"洋辣子"往他胳膊上使劲一按，又拖行了一会 —— 无数的疼，无数的痒在蔓延。

他真的不哭了，但是他张大着嘴巴，嘴巴里含着他的六岁。那个六岁男孩的呐喊和哭泣，就这样神奇地逃窜到田野深处去了。

四道粗麻绳捆住了一匹马

四个麻铁匠抡起了大铁锤

丽绿刺蛾的翅膀　　　　　　　　（邵展图　绘）

小虫子

　　钉马掌的日子里

　　我总是拼命地隔着窗户喊叫

　　但马听不见，它低垂着头，吐出

　　最后一口黑蚕豆……

　　这是他写的《马蹄铁——致亡父》的开头部分。他是把"洋辣子"当成了马来写的。多少年后，他终于搞清楚了"洋辣子"的学名。它叫丽绿刺蛾，"洋辣子"仅仅是它的幼虫。待它成熟也会羽化成蛾，只是那蛾的颜色实在难看，灰暗，忧郁，满身无法报复的仇恨。

　　疼痛早已消失，步伐也越来越中年

　　他睁开眼来——

　　父亲，我自以为跑遍了整个生活

　　其实我只是跑出了一个马蹄形的港口。

蚂蟥与咸菜

蚂蟥的故事发生在"老害家开飞机的那一年"。

那天早上，他还在做梦，就被母亲推醒了。跟母亲出门的时候，天还没有亮，当然他也没有完全醒，手里抱着母亲塞给他的一只空空的玻璃药瓶。

这是他去稻田里干活的劳动工具之一。

另一个劳动工具是他的手。

他拧开了瓶盖，里面有声音涌了出来。

"不要吃闲饭。"

"要有用。"

他赶紧盖上了瓶盖，如果不及时盖上，肯定会有更多的声音在他的耳朵里炸响。

老芦不吃闲饭。

老芦是有用的。

老芦正处于生蛋的旺季，需要更多的活虫子，喂给这个生蛋英雄。所以，母亲去水稻田里除杂草，正好让他跟着在她后面捉活蚂蚱。

空瓶子是用来装活蚂蚱的。

母亲说水稻田的蚂蚱太多了，不用两个来回，这个瓶子就会装满的。

但他觉得这个瓶子实在太大了，蚂蚱跳得那样快，他捉一个上午也捉不满这空瓶子的。

田埂上满是露水，露水的清凉让赤足的他清醒过来。他感到肚子特别饿，他不知道自己刚刚是吃过了早饭还是没有早饭。

他不太好跟母亲说吃饭的问题，他得加快走才能跟上母亲的步伐。

田埂的左边是水稻田，右边还是水稻田。有几只叫了一夜的青蛙和癞蛤蟆意犹未尽，在看不见的稻田某处又叫了起来。他不喜欢它们，有人把"老害"的名号篡改成了"害人虫"。青蛙和癞蛤蟆恰恰就是吃害人虫的。

母亲走得特别快，他紧赶着加快脚步，气喘吁吁又吞吞吐吐地跟母亲说了他的担忧：可能这块稻田的青蛙和癞蛤蟆把他想捉的蚂蚱全吃完了。

母亲笑了起来，反问了一句：

"人家蚂蚱有他这样傻吗？！"

他看着手中的空玻璃瓶子，不知道稻田里的蚂蚱有没有他这样傻。反正过去村里的庄台边也有过蚂蚱的，都是些很小的灰蚂蚱，和泥一样的颜色。如果一动不动，老芦也很难发现的。割麦子的时候，他去麦田里捉蝈蝈，麦田里也是有蚂蚱的，灰蚂蚱、绿蚂蚱，个子不大，数量也不多。

他听到了哗啦的水声。

是母亲走进了稻田。

看着突然在稻田中矮下去的母亲，他有点不好意思，只好抬头看了看远处，湿漉漉的太阳好像就在稻田的对面。

正在他迟疑的时候，一个像绿色子弹样的东西突然飞了过来，他想避开，但来不及了，那子弹样的东西一下砸在他的胳膊上，随即又弹开了。

他还没看清是什么东西的时候，那东西又飞起来了。

天啦，这是蚂蚱，很大的尖头蚂蚱，又叫叩头蚂蚱 —— 如果捉住它长长的后腿，它会不停向他叩头作揖。

他不清楚这只叩头蚂蚱是不是母亲捉住了扔过来的，还是

叩头蚂蚱主动跳到田埂上来挑衅他的。

他又看了一眼母亲 —— 俯身在稻田中间的母亲正在寻找那些混杂在稻秧中间的稗草呢。

母亲特别痛恨那些混杂在稻子中间的稗草。这些稗草完全是好吃懒做的懒汉，偷吃稻秧的营养，还长得和稻秧差不多。

第一株稗草被母亲逮住了。

母亲连根拔起这根稗草，飞扔向田埂。带起来的泥水几乎全砸到了他的额头上，也砸到了他手中的玻璃瓶子上。

泥水的腥味裹挟而来，带根的稗草准确坠落在田埂上，跟稻秧几乎一模一样。

他怀疑母亲拔错了，又怀疑自己认错了，赶紧抹去了玻璃瓶子上的泥点，下了稻田。

稻田比田埂上的露水暖和。

他开始寻找那些青蛙和癞蛤蟆们吃剩下的蚂蚱们。从刚才撞到他胳膊上的那只叩头蚂蚱的个头判断，这块稻田里的蚂蚱们个头都不会小。但他找了好一会，仅仅看到稻叶，还有稻叶上白色的稻飞虱。

过了一会，他终于看到了一只蚂蚱。那是一只躲藏在稻叶背面的小蚂蚱。他把玻璃瓶子轻轻丢下，双手慢慢成包抄状，快接近那片稻叶的时候，小蚂蚱消失了。

他沮丧极了。

这样的失败连续了两次。好在母亲还在低头寻找稗草，没看到他的失败。

他开始寻找失败的原因。

第三次失败之后，他找到了原因，在包抄蚂蚱的时候，他的光脚丫，准确地说，他行动的时候，他拔动的后脚跟在稻田的淤泥中发出了响亮的叫声。

这叫声等于给蚂蚱发警报呢。

找到了失败的原因，再捉蚂蚱就容易多了。

他尽量不动，尤其是脚后跟不能动，将脚后跟像树根一样栽在淤泥里。

他手中的玻璃瓶子里开始有了第一只绿蚂蚱。

这只被扯掉了一条大腿的绿蚂蚱很不服气，愤怒地扑打翅膀，但玻璃瓶太厚了，根本没有任何震动。

到了第二只和第三只蚂蚱进了玻璃瓶子之后，第一只蚂蚱不再挣扎了。

他没有时间关心这些被他捉住的蚂蚱们是否挣扎了。

他沿着稻秧的行距往前排查，越往稻田深处走，躲藏在稻叶后面的大蚂蚱越多。很奇怪，等到玻璃瓶底被蚂蚱们完全盖住了，他的肚子也一点都不饿了。

事故是在他抵达对面田埂之后发生的。

他捧着微微震动的玻璃瓶爬上了田埂，准备换另一行稻秧继续捉蚂蚱。突然，他发现了腿肚上的不对，似乎粘上了许多泥点。

他拂了拂，怎么也拂不掉。

哪里是泥点，分明是吸饱了血的蚂蟥啊。

他是见过蚂蟥的，在水码头上，那细细的、长长的，在水中慢悠悠地游逛。如果碰到人和牛的话，它会悄悄靠近，无声无息地叮上去，使劲吸血，一口气吸饱，细细如草丝的蚂蟥因为吸了血，膨胀得比手指头还粗壮。

现在，这些粗壮的蚂蟥们就紧紧叮在了他的腿肚子上，两条腿都有，密密麻麻的，像是满水田里的蚂蟥都来他的腿肚上走亲戚了。足足有十几条蚂蟥，个个吸得滚圆，他赶紧坐在田埂上扯它们。

他越扯这些蚂蟥，蚂蟥们越是吸得紧，每只都光滑得像泥鳅。

好不容易扯掉的半根，另外的半根断在了腿肚里了。

恐惧感抓住了他。

他尖叫起来，一声又一声，整个稻田躁动起来。

蚂蟥与咸菜 　　　　　　　　　（邵展图 绘）

小虫子

第一个赶到他跟前的是母亲。

他停住了尖叫，母亲看了看，指了指自己的腿。他看到了母亲的腿上也有吸饱了血的蚂蟥呢。母亲似乎一点也不慌张，叫他看她如何除掉蚂蟥。

他一边抹眼泪一边看母亲如何演示如何除掉叮在腿上的蚂蟥。

母亲用手不停地在蚂蟥周边拍打，蚂蟥们感到了震动，一个又一个缩成了球团，然后这个球团从腿上滚落了下来。

他也开始拍打自己的腿，拍打得很愤怒，一会儿，那些蚂蟥们被他的愤怒吓住了，也变成了圆球一个个滚落下来。直到最后一个圆球下来，他才顾及到身边装蚂蚱的玻璃瓶子。玻璃瓶子已落在了稻田的水中。

好在盖子是拧着的，那些蚂蚱们没有逃得出去。

"你不要怕，你越是怕，蚂蟥越是要咬你！"

母亲的声音从稻田的深处传来，好像什么事也没有发生过。

母亲又下稻田里去逮稗草了。

但他再也不敢下田了，况且蚂蟥吸咬的地方还在往外渗出道道血痕，他想捂住，但怎么也捂不止。

他也想捂住自己的眼泪，眼泪也捂不住。

母亲在水田里挖了一把烂泥，敷在他的腿肚上。

110

手中的玻璃瓶子也被母亲接过去了，过了一会，玻璃瓶子就被母亲装满了蚂蚱。

第二天，母亲在咸菜盆里夹到了一个东西，夹到他的面前。

"看看，这蚂蟥，道士蚂蟥，还是去年腌的咸蚂蟥呢。"

不仔细看，还以为是老咸菜梗呢。

道士蚂蟥是大蚂蟥，也是蚂蟥中最大的蚂蟥，头部凸起，像戴了顶道士帽。这是混在咸菜中的一只蚂蟥。

突然，他站起来，俯过去，伸长舌头，像青蛙捕虫子那样，把那块咸蚂蟥连同母亲手中的筷子头一起逮到了嘴里。

母亲使劲拔了拔，才拔出了筷子。

筷子头上的咸蚂蟥不见了，已在他的舌头上了。

他很夸张地咀嚼这块咸蚂蟥。

呱嗒呱嗒。呱嗒呱嗒。

他要把这只去年的咸蚂蟥狠狠地嚼烂，再狠狠地咽下去。

蚂蚱都有黄门牙

拥有了蚂蚱王的草地黄昏，是非常奇特的黄昏。

其实，"老害家开飞机的那一年"发生了很多事。

除了蚂蟥的事，还有蚂蚱的事，蝈蝈的事，蟋蟀的事。

那一年事情反正很多，多得就像水田里的蚂蟥。

如果不想起这些蚂蟥，那些事就细得如一根线一样，在水中如稻秧的根须，毫不起眼地在水中随波荡漾。如果想起了这些蚂蟥，想起了这些蚂蟥们曾经吮吸了他的记忆之血，它们会迅速地气球般膨胀，气球里充满了那个叫老害的男孩一阵阵恐惧的尖叫。

吃完了母亲筷子头上那块咸蚂蟥之后，他曾把咸菜盆统统翻了一遍，想找到那块咸蚂蟥的其余部位。

咸菜盆里的咸菜是完整的腌菜切碎的。

切碎的菜根部分特别疑似切碎的蚂蟥。

112

为了防止这些切碎的蚂蟥被父亲和母亲吃掉，他索性将这些疑似蚂蟥碎片全部吃下去了。

吃完咸菜盆里的咸蚂蟥的那一天，半水缸的水都被他喝掉了。还有，他不再怕蚂蟥了。无论是细细的金线蚂蟥，还是道士蚂蟥，他都不怕了。

那天，等母亲回来，发现桌子上有只玻璃瓶，玻璃瓶子里全是蚂蚱俘虏。

母亲惊喜地问他怎么捉的，去哪里捉的。

他没有回答，拧开瓶盖，很骄傲地把那些灰蚂蚱俘虏青蚂蚱俘虏全都倒在了地上。

老芦头上的红冠一闪一闪的，根本没抬头，就把地上的蚂蚱们全收拾干净了。

他也没有抬头。

他知道，母亲看他和看老芦的目光里肯定全是表扬。

其实这群蚂蚱俘虏中间还有三只蚂蟥俘虏。今天他的腿肚上还是被三只蚂蟥叮上了。他学了母亲的经验，没有慌张，没有用力拽，只是慢慢在吸饱了血的蚂蟥边拍打。后来，三只吸饱了血的蚂蟥自动滚落了下来。

老芦把那三只蚂蟥俘虏也吃下去了。

表扬是有用的，他每天负责供应老芦的蚂蚱俘虏们从一瓶增加到了两瓶。

老芦只能消灭掉其中的一瓶。

母亲当然不会放过这多出来的一瓶蚂蚱。

母亲掐掉蚂蚱后面的两条大长腿和翅膀（母亲说这两样不好吃），随后，母亲把掐去的翅膀和大腿，扔到猪食盆里给猪吃了。

是的，在这个穷家里，母亲对付"多"总是有办法，哪怕多出来的一点点东西，她总是有办法。

母亲会将油菜籽收割之后的残余菜籽长出来的"雨菜"腌成小咸菜。

母亲会把丝瓜皮切丝炒辣椒。母亲还会把冬瓜皮扔到老卤中沤成臭瓜皮。

芋头的莲子人是不能吃的，猪也是不能吃的，母亲会切成小段，沤一段时间，等芋头的莲子的辛辣味完全去掉，再喂给猪。

如果他拾猪草多出来的草，母亲会全倒在猪圈里，让猪踩成肥料。

母亲当然不会放过多出来的蚂蚱：她把收拾过的蚂蚱们用盐水"过"一下，又放到锅里用油炒了一下，绿蚂蚱灰蚂蚱立即变成了红色的"蚂蚱虾"。

到了晚上，又香又脆的"蚂蚱虾"就给父亲"敬五脏庙"了。

咔嚓。咔嚓。

父亲的牙齿特别有力。

喝酒的父亲也夹了一只"蚂蚱虾"赏给他背后给他扇扇子的他。

他的嘴巴里、鼻子里，全是"蚂蚱虾"的香味。

他很想咬出父亲咬蚂蚱的那种清脆声，但没成功。

咔嚓。咔嚓。

很快，一碗"蚂蚱虾"就到父亲的肚子里了。

咔嚓。咕咚。咔嚓。咕咚。这是这个晚上父亲的牙齿咬"蚂蚱虾"与父亲的喉咙喝酒的两个声音。

这两种声音实在太搭配了，太激励人了。

第二天，他捉回了三瓶蚂蚱。

晚上，母亲做出了两碗"蚂蚱虾"，同时也多了一个"敬五脏庙"的人：六指爷。

咔嚓。咔嚓。咕咚。咕咚。

除了这两种声音外，家里还多了六指爷讲故事的声音。六指爷说蚂蚱过去叫蝗虫，蝗虫过来的时候，寸草不生，不谈稻子麦子了，连芦苇荡里的芦苇都被啃光。六指爷还说过去的皇帝会生吃蚂蚱，那是想替天下吃掉蝗灾呢。

小虫子

生吃？！

他捂着嘴巴，吃惊了半个晚上。那些蚂蚱们会吐口水。绿色的或者褐色的口水，那口水里全是有浓浓的水沤过的烂青草的味道。实在太难闻了。每次被蚂蚱吐了口水，他得用掉几团烂泥拼命擦洗，才能将手掌上的青草气蚂蚱口水味洗干净。

生吃蚂蚱实在太可怜了。

那皇帝吃的是什么蚂蚱呢？

灰蚂蚱？绿蚂蚱？尖头蚂蚱？秃头蚂蚱？

第二天，他在草荡深处的草地里捉蚂蚱的时候，眼前飞来飞去的，还是这些想不通的问题。

去草荡深处捉蚂蚱是父亲的主意。稻田里的蚂蚱，绝对没草田里蚂蚱多。父亲还为他制作了一把"蚂蚱拍子"：用一根粗壮芦苇，在芦苇头上开个缝，插一面见方硬纸板。这就是能量最大的"蚂蚱拍子"。

"蚂蚱拍子"比他的小巴掌有用多了。

草田里的蚂蚱多，肥。草田偏僻，什么蚂蚱都有。

灰色的，绿色的，尖头的，秃头的。

他手起拍落，一拍下总是有好多个蚂蚱俘虏。

他不用带瓶子了。

地上的盐巴草太多了，用力一扯，比钱丝还长还结实。

蚂蚱都有黄门牙 （邵展图 绘）

这是串拴蚂蚱的好"绳子"。

这一天，他扯下了十几根长长如铁丝的盐巴草。

十几串在盐巴草上的蚂蚱们，像结满了蚕豆的蚕豆秆。那十几串又肥又嫩的"蚂蚱蚕豆"，被母亲从盐巴草上一一摘下，变成了又香又脆的"蚂蚱虾"。

咔嚓。咕咚。咔嚓。咕咚。

这一天，他照例从草荡深处带回了十几串"蚂蚱蚕豆"。他没像昨天那样，一边看着老芦生吞蚂蚱，一边很兴奋向老芦汇报捉蚂蚱的过程，也没向母亲汇报捉蚂蚱的过程。

因为今天可说的事太多了。

第一，他负伤了。

第二，他被一群麻雀欺负了。

第三，他捉到了一只特别特别大的蚂蚱王！

这三个事情都和蚂蚱王有关系。

"蚂蚱拍子"用处很大，不一会儿，他就完成了十几串"蚂蚱蚕豆"的组合工作。

正准备收工回家的时候，一只"小麻雀"突然撞上他的额头。

撞得不是太重，仿佛母亲手中的高粱扫帚扫过。

他定睛一看，不是小麻雀，而是和小麻雀差不多大的秃头蚂蚱。

他丢下那些"蚂蚱蚕豆"，举起手中的"蚂蚱拍子"对着这只挑衅他的大蚂蚱拍下去。

实在太邪乎了，明明接连拍中了几次，"蚂蚱拍子"都拍散了架，大蚂蚱还是毫发未损，总是在离他不足几尺远的地方盯着他。

他决定安静下来，收拢双臂，蹲在草丛中，和这只大蚂蚱对视。

正在他全神贯注逮蚂蚱王的时候，馋嘴的麻雀也盯住了他：是盯住了丢在身边的"美食"——串在盐巴草上的"蚂蚱蚕豆"。

开始他还用手悄悄地赶这只馋嘴的麻雀，但他一赶麻雀，对面的蚂蚱王也会跟着跳动。

他决定舍弃那些"蚂蚱蚕豆"。

舍弃是有作用的。

他不动了，蚂蚱王也收拢了翅膀，不动了。

也不知道过了多久 —— 他根本不知道过了多久，那只馋嘴的麻雀又带来了两只麻雀。

它们一起啄食"蚂蚱蚕豆"。

小虫子

麻雀们啄食的方式很特别，只吃"蚂蚱蚕豆"的肚子。

他很心疼，但他还是忍住了心疼。

小麻雀就那么一点点小胃口。

馋嘴的小麻雀其实变相帮了他 —— 蚂蚱王不动，估计是害怕那些麻雀。反正，蚂蚱王就这样放弃了警惕，他就有了机会。

他猛然一个腾跃，使劲拍打下去，那只蚂蚱王就在手掌中了。

蚂蚱王的大腿上长满了弯弯的尖刺，拼命地在他手掌心中蹬踏。他的手掌心很疼，估计蹬踏出一排排小窟窿了。

他忍住疼痛，使劲压住，不敢松动。

终于，那只像小麻雀一样大的蚂蚱王不动了，成了他口袋里的大宝贝。

拥有了蚂蚱王的草地黄昏，是非常奇特的黄昏。本来他想找了几个土块，报复一下对着远处的麻雀们。

后来，他放弃了这样的复仇。

他的口袋里有了一件大宝贝。

原来蚂蚱们是那么渺小，那么不起眼，还那么笨拙。

晚上，他笑眯眯地从口袋里拿出了那只蚂蚱王。

绿色的蚂蚱王被油灯镀上一层油光。

父亲接了过去，看了看，又还给了他，指着蚂蚱王的秃头说：

"看看看！黄门牙，跟你一样的黄门牙。"

这是父亲送给他的话。

黄门牙。黄门牙。黄门牙。

真是不看不像，越看越像。

每只蚂蚱真的有一副黄门牙。

这只蚂蚱王的黄门牙尤其醒目。是不怎么喜欢刷牙不讲卫生的黄。

秃头方脸的蚂蚱王的门牙更大更黄。

他伤心极了。但这哪里是送给他的话，等于是揍了他一桑树棍子！

"看看看，黄门牙，跟你一样的黄门牙。"

那只蚂蚱王他当天就扔到鸡窝里了。

到了第二天，他想再去鸡窝里找那只蚂蚱王，但鸡窝里除了鸡屎，什么也没有了。

他的口袋里除了有条蚂蚱王的大腿，满是腱子肉和锯齿的

小虫子

绿大腿，什么也没有了。

这绿大腿，并不能证明他捉过一只像小麻雀一样的蚂蚱王。

这绿大腿，简直就像是塑料做的。

母亲说过她遇到不开心的事睡一觉就好了。

母亲的回答有点可疑，但也不失一个好办法。

他也很想睡一觉把这个事情忘记就好了。

他的确在睡完觉后把这个事忘了，但每次刷牙的时候，他又会想起父亲的话。照镜子的时候，他看着自己长得酷似母亲的面孔，更是会想起父亲的这句话。

每次刷牙，他都会用牙刷拼命折磨他的黄门牙，就像他后来疯狂捕捉秃头蚂蚱一样。

他是在一点点捕杀自己，把黄门牙的自己捕杀掉。

田野里一片寂静。

黄门牙的蚂蚱们比过去少多了。

忧伤的夏天就这样过去了。

没人记得他曾为了父亲随口说的一句话绝食的事，连他后来自己也记不起来了。再后来，冬天到了，尖头蚂蚱秃头蚂蚱们全不见了。大家忙着御寒，忙着取暖，忙着对付比蚂蚱们更难对付的虱子和跳蚤们了。

第二年，麦子黄的时候，那些灰蚂蚱、绿蚂蚱们又来了。

灰蚂蚱。绿梭子。

一点点大，蹦飞起来，恍惚得很，像一个个梦。

绿色的梦。紫色的梦。黄色的梦。很多蚂蚱很多梦在他的眼前晃来晃去。

他一点也不紧张。

它们都会长大的。

它们都会长出一副黄门牙的。

蛐蛐惊魂记

好蛐蛐绝对是个夜游神。

斗蛐蛐的时候，他记得自己已经长大了。

这里的"长大"是指超过了七岁。

七岁的他，已瞧不起小于七岁的跟屁虫了。

这个道理，也适用于十岁的小伙伴们瞧不起他 —— 那些十岁的小伙伴们不会带他一起玩的。

十岁是一个坎，应该早已学会除了重活计的所有农活，再往上走一点点，就是"半劳力"了。等到那些大孩子成了"半劳力"，他们这些七八岁的人就顶到了前面，成为"半劳力"的候选。

"半劳力"，是和大人平起平坐的一个大台阶。

在成为"半劳力"之前，这些十岁的大孩子还是挤得出时间玩游戏的。他们的游戏，比七八岁孩子的游戏好玩，也会被

124

七八岁大的孩子围观偷学，比如斗蛐蛐。

他不敢钻进那些大孩子的中间（如果头伸得太长，失败的十岁大的孩子会把斗败的原因迁怒于他）。他只是踮起脚尖，伸长脖子，一边围观那些蛐蛐们的搏杀，一边听十岁大的孩子们品头论足。

半大孩子们斗的蛐蛐大约有三种：

第一种：和尚蛐蛐。

和尚蛐蛐声音响，会打架。它们的头真的像和尚的头。黑头的叫"黑和尚"。红头的叫"红和尚"。"红和尚"中比较罕见的是头上带紫金光的，叫"宰相和尚"。

第二种：犟头蛐蛐。

犟头蛐蛐的头没和尚蛐蛐圆，但比和尚蛐蛐大，它们打架很有意思，不喜欢用爪子，叫声很闷，喜欢用头抵对方。

第三种：胆小鬼蛐蛐。

胆小鬼蛐蛐比较瘦小，叫声也小，放到斗蛐蛐的盆子里，不敢向前，反而想办法左右躲闪，活脱脱的胆小鬼。

他很希望自己能捉到一只"宰相和尚"。

宰相就是天下第二把手。

六指爷说过，一把手皇帝是穿黄衣服的，二把手宰相是穿紫衣服的。

　　蛐蛐闯祸就发生在搓草绳的那个晚上。

　　坐在父亲做的那张丑板凳上，他的屁股前面是正在搓的草绳，压在屁股后面的是搓好的草绳。

　　前几天做的小泥罐已快干了。

　　这是一只和水碗差不多大的小泥罐，蹲在后墙的脚下，上面覆盖着一把盐巴草，这样不会干裂，不会被鸡骚扰，更不会被母亲看到。

　　天生不会做布鞋的母亲却是村里做泥粮瓮的头一把好手。家里储稻米的泥粮瓮基本上都是母亲一点点用泥垒成的。其他人家的泥粮瓮基本上也是母亲的手艺。他们一家人的布鞋都是母亲用做泥粮瓮跟人家换工换回来的。

　　他没敢跟母亲说请她帮忙做小泥罐子的事，就像不能说出他的"蛐蛐牺牲"的事。在这个家里，他只能默默承认失败的羞辱，只能默默念着捉蛐蛐报仇的事。从小到大的教训是：即使在外面打架吃亏了，只能往肚子里咽下去。否则回到家，不管有理没理，母亲还要用扫帚再次惩罚一次："你有理！你有理啊！为什么人家不惹我？！"

　　好在以前看过母亲如何做泥粮瓮，在失败了两只小泥罐之后，他终于做好了一只小泥罐。

这会是新蛐蛐的新家呢。

一想到这，稻草变成草绳的速度就越来越快了。

夜凉如水，双手滚烫。

他一点也不觉得手心滚烫。

他的第一只蛐蛐是他在大叶子杨树下捉的，比"和尚蛐蛐"大了很多，不叫，有三根尾巴，他以为很厉害，谁知人家说这是"油葫芦"种，是母油葫芦，不仅斗败了，还得到了伙伴们哈哈哈的嘲笑。

他的第二只蛐蛐倒是公"犟头蛐蛐"，是他特地在黄昏的时候钻到黄豆田里捉到的，还特地给它喂了绿豆粒、玉米粒。在决斗前，还喂了点辣椒（这只蛐蛐不太喜欢辣椒）。斗蛐蛐的结果当然是失败。那条被对方蛐蛐咬断的大腿不断往外渗出汁液。他以为是大腿的问题，后来有个"半劳力"替他找到了原因，这只犟头蛐蛐的触角尖不直，是残了的。"半劳力"又问他放在哪里的？他说放在火柴盒里的。"半劳力"摇了摇头。

他这才明白逮蛐蛐是需要一个罐子的。

瓦罐子肯定是买不起的。

过了几天，这才有了后墙边的小泥罐。

一想到小泥罐，他就立即听到了蛐蛐在新泥罐里快乐而大声的鸣叫。

小虫子

　　他的双手搓动得更快了。两缕稻草在他的手中扭曲，绞合，屁股下草绳像蛇一样蔓延，盘成一道道绳圈。

　　盘起来的绳圈越来越高，快要碰到他屁股后的裤子补丁了。

　　他是连盐巴草和小泥罐一起取走的。

　　他走得很慢，还用一只手压住了裤口袋，他生怕裤口袋的那盒火柴发出令母亲惊讶的声响。好在照明用的旧油毛毡卷起来早塞到小泥罐中了。

　　为了这块旧油毛毡，他转悠了几天，是在人家建房子的工地上找到的。

　　好蛐蛐绝对是个夜游神。它们轻易不在白天出来，也不在常见的地方睡觉。墙角下，瓦砾堆里，草丛里，还有树根，都是它们喜欢待的地方。

　　蛐蛐最喜欢的地方却是他最害怕的地方，那些会打架的"黑和尚""红和尚"全是大孩子们深夜里去河东边野坟地里捉的。

　　那是白头发鬼出没的野坟地。

　　斗蛐蛐的大孩子说亲眼见过白头发鬼，说得有鼻子有眼睛的。他听完故事，全身头皮发紧，寒毛直竖。实在太吓人了。如果野坟地有一百个"宰相和尚"等着他去捉，再借给他一百个胆，他也不敢去的。

但在黑夜的深处，还是有一个秘密地方的。

那是他肯定敢去的，也是好蛐蛐们喜欢待的地方：六指爷家的院子。

六指爷的院子里可没有什么妖魔鬼怪，堆放着一万块红砖（大人们叫这种红砖头为"九五砖"），有了这一万块红砖，六指爷家的土房子就与众不同了。

这一万个砖头里，有一小半的年龄比他还大。

为了把土房变成大瓦房，六指爷积攒了好多年了。

"但迟早有一天，六指爷家就是大瓦房了。"

"迟早有一天"，这是六指爷的信心，也是全庄人的共识。与大瓦房的理想相比，土墙草房子才是现实。

谁都想住大瓦房。但谁家有买砖头和瓦片的钱呢？砖头和瓦片太贵了，根本不可能一下子买全，只有一年攒上一点，到了快要可以砌瓦房的时候，再一次买全。也有的人家是，每年换一面墙的砖，就像换补丁一样，先东墙，后西墙。

这一万块砖头还不够砌三间瓦房。但它们就像吸铁石一样，等六指爷好运气的手去一年又一年地"吸"过来。

谁让六指爷比别人多了一根指头呢？

父亲说这根指头是他好手气的开关。

母亲说这一万块砖头中起码有五百块砖头是父亲"送"给六指爷家的（父亲输给六指爷的）。后来有一次，母亲和他一起走过六指爷家，看到安安静静蹲在院子里的砖头，母亲很心疼地对他说了一句话：

"这里有你的五百块砖头呢。"

就是闭着眼睛，他也能走到六指爷家。

还是有迎面的夜风的，他忍不住要打小喷嚏了 —— 在那喷嚏快要出来的时候，他狠狠地捂住了嘴巴。

白天的时候，他去六指爷家侦察过了。六指奶奶还抓了几颗炒熟的蚕豆给了他，这是六指爷的下酒菜。蚕豆很快进了肚子，但不知道是怎么回事，他的目光全在院子里的一万块砖头码成的砖头堆上。

一万块砖头的上方是草垛。这草垛就像是给一万块砖头戴上了一顶不漏雨的大草帽。但砖头堆的下面，有两三层砖已染上了青苔。

看到青苔的时候，他的心咯噔了一声，前几天晚上，六指爷院子里那洪亮有力的蛐蛐叫声应该就在这里面。

如果喂了辣椒，这只蛐蛐的叫声肯定更响亮，更加有战斗力。

六指爷院子里的门是芦柴门，如何在外面开里面的门，他很小的时候就被六指爷教会了。六指奶奶早上床睡觉了，六指爷和父亲正在老穷叔的牛屋里赌手气呢。

开了柴门，他轻手轻脚走到了黑魆魆的砖堆前，循着蛐蛐的声音慢慢靠近，然后停下来，放下泥罐子，取出口袋里的火柴盒，又摸出泥罐子里的油毛毡条，在黑暗中慢慢展开。

做完这一切，那鸣叫声还没停止。

这只没见过的蛐蛐还没有发觉他。

胆小鬼般的颤抖是在准备划火柴的时候出现的。他拿出火柴，很想把火柴头擦到火柴盒的磷面上，但他的手在颤抖，像是有无数个"胆小鬼蛐蛐"骑在他的胳膊上。他耳朵里全是蛐蛐的嘲笑。

那蛐蛐洪亮的声音忽然小了下来。

可能是他颤抖时发出的牙齿碰撞声太响了，他右手的火柴使劲对着黑暗中的火柴盒磷面使劲擦过去，只听见咔嚓一声，没擦到 —— 手指似乎折掉了。

蛐蛐声骤然停止了。

他在黑暗中等了一会，蛐蛐的声音又慢慢响了起来。

他右手从火柴盒中摸出二根火柴，凭着这几年在灶后面烧火的经验，对着左手火柴盒磷面掠过，只听到轻微的嗤啦一声，火柴头瞬间耀亮，好闻的硝烟味全被他吸入了鼻子里。

他点亮了油毛毡条。

手还是有点颤抖，好在油毛毡条的沥青太好点了。

油毛毡条小火把迅速照亮了他面前的砖头堆。

黑夜里看不到有一万块砖头，油毛毡条小火把照亮的最多也只有五百块砖头左右。蛐蛐的叫声并没有停止，他看不到它。

它就在这一万只砖头缝中。

他侧耳听了听，似乎在他身体的左边，他轻手轻脚取下几块砖头。砖头缝隙里深不可测。根本看不到那蛐蛐。

后来，他确定了蛐蛐的方向，索性把油毛毡条小火把咬在嘴巴里。沥青的味道实在不好说。他管不着了，赶紧快速搬砖头，他搬得又快又小心，等到捉到这只大蛐蛐，再把这些砖头垒回去就是了。

两排砖头快搬完的时候，他看到了那只蛐蛐，不是想象的那么大，它的头和牙齿都闪耀着紫色的光芒！

"宰相和尚"！

"宰相和尚"和其它蛐蛐一样，见到了火光是一动不动的。

他决定好好捉住了它，不能碰弯它一点点触须。

就在他快要成功的时候，一只脸盆大的癞蛤蟆无声无息蹿过来，衔走了他的"宰相和尚"。

这只大癞蛤蟆太大了，真有一只脸盆大！

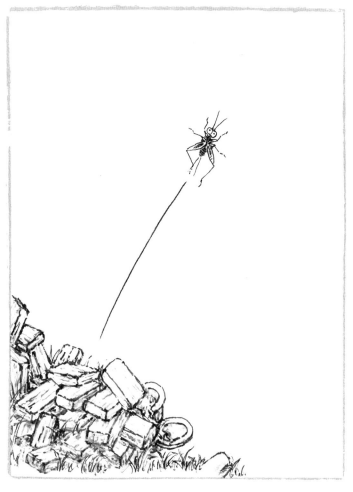

蛐蛐惊魂记　　　　　　　　（邵展图 绘）

……砖墙倒塌的时候，咣当咣当的声音，像是地震。

整个夜晚都咣当咣当的粉碎了。

无数只狗吵醒了无数只鸡。

鸡飞狗叫的声音中，又加上了六指奶奶的尖叫。

六指奶奶的尖叫声还没停止的时候，六指爷已出现在他的面前。

小泥罐子早就被他的屁股压扁了。燃烧的油毛毡条也淹没在乱砖头堆中。他在不停地说那只脸盆大的癞蛤蟆，嘴巴里全是难闻的沥青味。

一根绳子扔在他的面前。

这绳子搓得太潦草了，也像一条潦草的蛇。

谁也不相信他遇到过脸盆大的癞蛤蟆。

叩头虫，发财虫

叩头虫肯定是乘着同一艘船来到他们村庄的。

小时候的名词和现在的名词是不一样的。

比如灯。

小时候的"灯"，从来不是指电灯、台灯或者壁灯。

小时候的灯就是油灯。

"油灯"也不是想象中的油灯。

第一种油灯，指的是菜油做燃料的灯，用的是棉花捻成的灯芯。

即使有这样的油灯，平时也不允许点上的，到了有月光的晚上，更不会点灯了。如果是没有月光的黑夜，才会点起油灯。在这样的油灯下，产生的人影特别大，尤其是有风的晚上，人影诡异，恐惧无比。如果开门不当心，从门外蹿进来的风，让人影变形，随即油灯被吹灭，仿佛是影子一口吞掉了灯光和这

个世界。

菜油的热量不大，灯光恍如小豌豆，在他的注视下怯怯地摇曳，是一个比他还孤苦伶仃的孩子。

大一些的虫子是瞧不起这种油灯的，淹死在灯油里的，都是倒霉的、小小的无名虫。

第二种油灯，是柴油灯。

燃料从菜油换成了柴油。油灯的瓶身是空墨水瓶，油灯盖子是父亲用铁皮做的，中间有个夹灯芯的灯柱。为了柴油灯的稳定，父亲还特别找了一只坏得不能再用的有把手的搪瓷茶缸，把墨水瓶做的油灯置放在里面，再用粘土将墨水瓶做的油灯固定在里面。

父亲的发明很快在村里流行起来。

过了一段时间，村里多了许多蹲在各种各样破茶缸里的柴油灯。

柴油灯带来的人影比菜油灯小一点，也稳定许多。

如果风不够大，柴油灯是不会熄灭的。

有了柴油灯，家里亮堂了许多。

但柴油比菜油难找多了，没有母亲的命令的时候，柴油灯是不会点上的。为了让这柴油灯发挥更大的效用，父亲抽掉了土墙中间的一块土坯，空出来的位置，正好让蹲在破茶缸里的柴油灯蹲在这里面。

骑在两堵墙之间的油灯会照亮两个房间，也会吸引到两个房间里的虫子。

柴油灯吸引过的虫子比菜油灯吸引过来的虫子大一些，最大的是小粉蛾。

常常会听到"嗞"的一声，那是小粉蛾壮烈牺牲的声音。

过了几天，柴油灯已把土墙熏出了一片烟迹。

那烟迹，像是没眼睛的小黑狗头。

过不了多久，小黑狗的狗身子和狗尾巴都会长出来的。

第三种油灯最为高级，是玻璃罩子煤油灯。

可以控制大小的灯芯是现成的，煤油是透明的，比油更透明的是下大上小的圆柱形的玻璃灯罩。

有了这个玻璃灯罩，家里变得和白天一样亮堂，人的影子很淡。

他特别喜欢用手捧着玻璃罩煤油灯，看他的十根手指在玻璃油灯的映衬下，成了十根红彤彤的手指萝卜。

母亲喜欢坐在这盏玻璃罩煤油灯下替父亲补裤子，她说她的眼睛终于不难受了。

小虫子

菜油的油灯和蹲在茶缸里的柴油灯、和玻璃罩子灯是远远不能比的。

玻璃罩子煤油灯可以移动，还从这个房间拿到另一个房间。

玻璃罩子煤油灯最防风。

母亲喜欢在灯下一边纳着鞋底，一边听六指爷和父亲一起说笑。

而他呢，喜欢在灯下跑动，影子一会儿被投射到屋顶上，一会儿又投放到土墙上。

母亲很心疼买玻璃罩煤油灯的钱。

玻璃罩煤油灯到他们家第三天的晚上，父亲让他给他表演他的手指萝卜。

看到他透明而鲜红的萝卜手指，父亲感慨说，还是小孩子的血最鲜最红。大人的血就不同了，老了，照不出来了。

忽然，听到"当——"的一声，一个"子弹"击中了他家的玻璃罩油灯。

啊！他赶紧闭上了眼睛，捂住了嘴巴，生怕心从嘴巴里蹦出来。

等他再睁开眼来，玻璃罩煤油灯的光芒一点没有损失，反而似乎光亮起来。

父亲握着老拳头，神秘微笑。

他肯定逮住了那只不速之客！

在他的祈求下，父亲张开了老拳头。

手掌的中央是一只褐色的甲虫，有点像蟑螂，但又不像蟑螂。比蟑螂小一号。

父亲把小虫子反过来按在地上，再一放手，那虫子似乎死掉了。

他担心它死了，赶紧上前对它吹了口气。

那虫子移了一下，还是没有动。

肯定死掉了！

父亲说它在装死。

果真，过了一会儿，那只虫子反弹起来。

啪！跳得那么高，又一翻身落在地上。

啪！又跳得那么高，再次一翻身落在地上。

"这跳跳虫好玩！"

"这才不是跳跳虫呢，这是发财虫！"

父亲又亮开手掌，按住发财虫，把它放平，按住它，发财虫的头竟然真的对着他叩头了，头在撞地，咚咚咚的，真像是叩头呢。

"发财虫到哪家叩头，哪家就要发财了！"

父亲让他伸出大拇指，发财虫很聪明，直接叩到了他的指

甲盖上，叩出的响声的确很好听。

"谁家要发财，谁家的主人脸膛就发亮！"

父亲越说越神秘。

他扭头看母亲，母亲的眼睛和脸色很亮，那肯定是发财的亮光。

为了保住这只发财虫，母亲特别恩赐给一只未用完的火柴盒。他把发财虫放在火柴盒里，装了发财虫的火柴盒扑通扑通响。

"听到了吧，发财鼓，这是发财鼓！"

父亲说得那么兴高采烈，仿佛他们家已经发了大财。

发财虫的真名字还是六指爷告诉他的，这不是发财虫的，而是叩头虫！

叩头虫还是很好玩的。

第二天，他拿着装有叩头虫的火柴盒出门显摆的时候，其他的小伙伴也有同样装在火柴盒里的叩头虫。

叩头虫肯定是乘着同一艘船来到他们村庄的。

他的叩头虫个子最大，跳得最高，叩头最有力。连续几天比赛，他家的叩头虫都是第一名。连最会捉虫子的小忙也没比过他。小忙认为他们家这只叩头虫反跳的时候，是会运气功的。

140

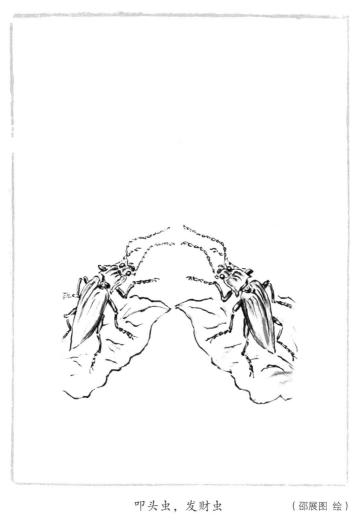

叩头虫，发财虫　　　　　　　　　（邵展图 绘）

小虫子

他没有否认。

头一名的叩头虫归功于他们家的玻璃罩煤油灯。

他的手最小，可伸进玻璃罩里面去的。

给玻璃罩煤油灯擦灯罩的任务是交给他的。

为了感谢这只玻璃罩煤油灯，他每天都把玻璃罩擦得像透明的一样。

玻璃罩透明，发财虫每晚都来，还来得特别多，把玻璃罩煤油灯撞得叮叮当当的。

"看吧，还发财呢，这叫穷得叮当响！"

母亲对父亲说了句笑话。

原来喜欢板着脸的母亲也会说笑话呢。

再后来，玻璃罩子灯还是被一只叩头虫撞坏了。

玻璃罩子灯的玻璃罩被撞出了一道裂纹。

有了裂纹的玻璃罩他就不敢擦了，生怕擦坏了。

母亲也不允许再买新玻璃罩。

为了这盏"败家子"玻璃罩子煤油灯，花了一笔"瞎头钱"，一点意思也没有，还不如直接用原来的蹲在茶缸里的柴油灯。

玻璃罩煤油灯暂时退休了（母亲说过年的时候再拿出

来用）。

蹲在茶缸里的柴油灯继续蹲在两个房间的土墙之间。

柴油灯制造出来的灯影依旧稀奇古怪，他给母亲表演手影狗头。汪汪汪。汪汪汪。

表演拍打翅膀的飞着的鸟。吱吱喳喳。吱吱喳喳。

表演长角的公羊。咩咩咩，咩咩咩。

他还努力让那些膨胀的影子沿着屋子跑动，跑到屋顶上，跑到墙上，又跑到屋顶上。

母亲从来也没有被他逗笑过。

那些发财虫再也不来了。

没有了玻璃灯罩煤油灯，发财虫就到别人家去了。

屎壳郎作为零食

大肉包子啊大肉包子啊。

那时候，穷日子和富日子一样，全是一天天的往前过。

无论怎么过，吃都是头等大事。

父亲喜欢酒，他喜欢大肉包子。

虽然他从来没有吃过大肉包子，但他总是固执地认为，城里都是大肉包子，城里的孩子每个人手里都拿着大肉包子，想吃的话，就啃上一口。

城里小孩的嘴巴上全是肉包子的油。

喜欢不等于就能够实现。

在这个穷家里，他吃不到肉包子，父亲吃酒的日子也不多。

即使有的话，酒也是山芋酒，喝酒的下酒菜也是老咸菜什么的。

但是，喝过了酒的父亲和没喝酒的父亲是完全不一样的。

喝了酒的父亲脸上的皱纹里都是幸福的光泽。

那天，父亲从六指爷家喝酒回来，脸上又"幸福"起来。

幸福的人话特别多。

父亲的话多得没地方说，就开始给母亲开会。

母亲说父亲"猫尿"喝多了，根本不想听父亲开会。

父亲肚子里的话没人说，转过身跟他这个"好吃佬"开会。

开会的主题只有一个："吃！"

他很想跟父亲谈他的理想：大肉包子。

但他根本插不上话，父亲说了红烧肉，说了狮子头，说了冰糖蹄髈。

虽然父亲没说到他的大肉包子，但那些好吃的，已让他的嘴巴里满是口水了。

再后来，父亲的话少了起来，父亲的瞌睡来了，他决定说出他的最爱：大肉包子。

父亲根本瞧不上大肉包子。

"肉包子有什么好吃的，吃肉包子还不如吃屎壳郎呢！"

母亲说父亲是在瞎嚼蛆。

小·虫子

　　父亲的瞌睡一下子没有了，开始说起了屎壳郎。屎壳郎真
的是可以烤着吃的。

　　臭鳜鱼臭不臭？好吃！
　　臭豆腐臭不臭？好吃！
　　臭苋菜梗臭不臭？好吃！
　　臭豆子臭不臭？好吃！
　　臭冬瓜臭不臭？好吃！

　　等父亲掰完了五根指头。
　　母亲打住了他，问他是不是今天晚上吃了烤屎壳郎？
　　父亲承认了。
　　天啦，他听说过炸知了，也听说过炒蚂蚱，还有煎豆丹、
烤螳螂，就是没有听说过烤屎壳郎。
　　父亲接着把烤屎壳郎的事说得相当幸福。
　　"扁扁的屎克郎不能吃，那味道像放屁虫。"
　　"背上带三角的屎壳郎，好吃！"
　　后来，父亲睡了，幸福的呼噜打得震天响。
　　他怎么也睡不着，后来困了。做了许多梦。满脑子都是长
得有点像金龟子的屎壳郎。住在粪堆里的屎壳郎。闪闪发光的

146

屎壳郎作为零食　　　　　　　　（邵展图 绘）

臭香臭香的屎壳郎。一前一后一雌一雄一起推着大粪包到处炫耀的屎壳郎。

　　起床之后，他去了养牛的老穷叔那里。

　　老穷叔以为他又是来找牛身上的牛虻做鱼饵钓鱼的。

　　但他说不是要牛虻，而是找屎壳郎。老穷叔的笑声让正在反刍的牛都抬起头来了。

　　老穷叔把他带到了牛粪堆前。

　　这是老穷叔最宝贝的牛粪堆。

　　老穷叔积攒牛粪，是为了做牛屎饼卖。到了下雪天，牛屎饼的作用就大多了，牛屎饼做燃料熬的稀饭最香了。

　　有屎壳郎的粪堆是有虫洞的。虫洞上面有一层虚土。屎壳郎待在有虚土的洞里。

　　老穷叔端来一碗水，对着虫洞，一杯水灌下去，一只屎壳郎浮上来了：是背后有三角的屎壳郎！

　　过了一会，又冒出来一只背后有三角的屎壳郎。

　　老穷叔说第二只屎壳郎是前一只的老婆。

　　等到第三只冒出来，老穷叔又说这是前两只的儿子。

　　这三只被挖出的屎壳郎一家人都一个熊样：装死。

　　一动不动地装死。

他用指甲在它的背上三角处挠一下，装死的屎壳郎，不，他的烤肉，又活过来啦！

烤屎壳郎用掉了一大把稻草，屎壳郎烤成小黑豆（爪子烧没了），他把外面的黑壳揭掉，舔到了屎壳郎三角形肩膀里面的那一点点肉。

他的"臭"名一下子传开来了。

母亲觉得他的智商有问题，责问他：

"如果你老子让你去吃屎，你真的会去吃屎吗？"

后来有人也问过母亲，你们家老害是不是真的吃了屎壳郎？

母亲只承认他吃过放屁虫。

母亲在说谎，她肯定觉得说放屁虫总比说屎壳郎更有面子。

"第一个吃过屎壳郎的人"的帽子还是在他头上戴了很久很久。

有时候，他也怀疑父亲是在故意坑他——谁让他在这个穷家里想念大肉包子呢？

为了避嫌，他有很长时间都没去老穷叔的牛屋里玩。

　　他知道如果他去了，肯定有人会传，老害又去吃屎壳郎了。

　　到了第二年清明前，父亲便秘了。

　　原因是他们家里的早餐改成了掺有米糠的秕糠饼。

　　冬天的粮食吃完了，春天的麦子还没抽穗。秕糠饼很难吃，难咽下，还难屙出来。

　　有天早上，他手中的秕糠饼刚刚啃了一半，母亲让他不要吃了，赶紧去抓十只屎壳郎回来！

　　他以为他听错了。

　　母亲说父亲必须要吃屎壳郎，不是一只，而是十只。

　　不是烤着吃，而是生吃。

　　天啦！他怀疑自己的耳朵，但母亲说得很认真。

　　他只好假装很痛苦地去捉屎壳郎。尽管他一直在掩饰，但他肯定是带着笑容把十只屎壳郎交给母亲的。

　　偷笑还是被母亲发现了。

　　"竟然还笑得出来？你老子苦出来的毛病，你还好意思笑？！真是长不大的糊涂虫！不懂事的老害。不孝顺的老害。"

　　母亲一口气给他扣了近十顶帽子。

　　他不知道父亲是怎么吃掉这十只屎壳郎的。

　　吃屎壳郎是为了让父亲治疗便秘。秕糠饼让父亲严重便秘，屙不出来。后来他变成了放屁虫。一会儿一个屁，一会儿一个屁。又臭又响。有人推荐了喝菜籽油，还是出不来。后来有人推荐了一种秘方：生吃屎壳郎。

理由很简单：屎壳郎吃屎，吃了屎壳郎，大便当然会通。

父亲吃过的十只屎壳郎比他上次烤的屎壳郎大了很多。

一个冬天下来，埋在牛屎堆里冬眠的屎壳郎长肥了。

就这样，他们家终于有了第二个吃过屎壳郎的人。

又过了两年，不再有人提起父亲和他吃过屎壳郎的事了，他也有两年不想见屎壳郎了。

那一天，蹲在锅灶后面用牛屎饼烧火的他，在掰开的牛屎饼干里，竟与一只冬眠的屎壳郎迎头相遇。

两年不见了！

屎壳郎没有动，在装死。

突然，他想到了他渴望多年的大肉包子。

大肉包了。

大肉包子啊大肉包子啊。

如果替屎壳郎想一想，这只牛屎饼其实就是屎壳郎的大肉包子呢。

想通了这个问题，他决定放过了这只冬眠的屎壳郎。

小虫子

　　再回到牛屎饼里已不可能了。

　　他站起来，把这只吃了一个冬天大肉包子的屎壳郎安放到灶房里土墙缝里了。

　　灶房是比外面暖和的，应该和牛屎饼里的那点暖和差不多。

虱子总是常有理

这个他和母亲都笑疯了的晚上，不会是做梦吧。

那天晚上，挠痒痒的事是母亲先惹起来的。

那时候，每个人家都很穷。

那时候，每个人家都是土坯墙、草房子，床上垫着的，也是"黄金"稻草铺。

那时候，每个人家的冬天都要防火，又冷又干燥的冬天，必须小心火烛。

那时候，每个人家都有蟑螂、臭虫、老鼠、蚊子、苍蝇、壁虎、蜘蛛、蜗牛、蜈蚣、千足虫……

很多很多共同生活的虫子。

那时候，每个人头发里都有虱子，每个人身上都有跳蚤。如果要计算一下的话，头发中的虱子比口袋里的钱虫子多，身上的跳蚤也比口袋里的钱虫子多。

钱虫子多了，头皮和身上是不会痒的。

钱虫子不咬人，但虱子和跳蚤多了，绝对会痒的。

虱子和跳蚤咬过的伤口会很痒很痒，它们吸了他们的血，还留下了奇怪的痒。

所以，童年最常见的事，就是挠痒痒。手够得着挠痒痒，手够不着也得挠痒痒。

为了挠痒痒而出事的那天晚上，他本来心情很好的。

或者说，他是一个心情很好的人。

他早跟母亲说好了，等他晚饭烧好之后，就放他出门和小伙伴玩。

可到了晚饭后，母亲却食言了，对于他出去玩的事，给了他"游手好闲"的破帽子！

母亲莫名其妙的训斥，充分证明母亲是一个心情不好的人。

一句话把人说得笑起来，一句话把人说得跳起来。

母亲的几句话，就把他从一个心情很好的人变成了一个心情不好的人。

仅仅过了一会儿，母亲竟然跟他开玩笑了。

"老害，你为什么板着脸，有人欠你钱了吗？"

"老害，你�’着的嘴巴上都可以挂油瓶了！"

天知道母亲为什么从一个心情不好的人变成了一个心情很好的人。

只有心情很好的人才会跟人开玩笑。

他不能反过来跟母亲开玩笑。

母亲从小就教育他，父亲和母亲都是"上人"。

"上人"无论做错什么事都是"上人"，说"上人"的"不是"就是不孝顺，就是忤逆子。

母亲有两句名言。

第一：一闪照人心。

第二：雷打忤逆子。

这两句话又是有关联的。上天先用"闪电"照他的人心，然后把不孝顺的人忤逆的人全部用雷电打死。

就因为母亲在他的心上种下了这两句话，到了夏天，他特别害怕雷电天。

但现在开玩笑的母亲一点也不像是"上人"，而像他的一个小伙伴。

他根本不习惯。

他也不敢习惯。

母亲想不到她的玩笑竟然没有效果。

母亲的犟脾气上来了。

母亲开始了最简单而粗暴的"制笑法"：先往手上哈一口气，然后直奔他身上的"痒开关"。

这叫做"哈痒"。

"哈痒"是最快捷的制笑方式。

母亲知道他身上的"痒开关"在什么地方。

母亲还知道他的身上有四个"痒开关"。

第一位：胳肢窝。

第二位：脚板心。

第三位：肚皮。

第四位：脖子。

母亲给他"哈痒"的是胳肢窝。这是他最最敏感的胳肢窝，母亲哈过气的手还没碰到他的胳肢窝，他的"痒开关"已被打开了。

"痒！痒！痒！"

他全身在痒。

哈哈哈，哈哈哈哈哈哈！

他再也忍不住了，笑的闸门就这样被打开了。

哈哈哈哈哈哈，哈哈哈哈哈哈！

他都笑出眼泪了。原来人工制造出来的笑和开心的笑一样，都能笑出眼泪呢。

后来，他再也顾及不了母亲"上人"的身份，开始反击母亲的胳肢窝。

母亲被他"胳肢"得呵呵直笑。

和他搂在一起的母亲也笑出了眼泪。

母亲在擦眼泪的时候，他突然掐了自己一下。这个他和母亲都笑疯了的晚上，不会是做梦吧。

忽然，母亲不笑了。

母亲让他低头。

他不知道母亲要干什么，满心狐疑地低下了头。

他感到母亲用手在他的头发中拂了几下，就让他去拿篦子，同时去铁锅里打一盆热水来。

他知道自己头发中有虱子了。

打好热水，取来篦子，同时也取来梳子。

他想建议母亲用梳子而不是用篦子给他篦虱子。

篦子可不是梳子，它的齿既尖又细，篦在头上，像是在用刑。

母亲根本没听他的建议，按住他的头，用篦子施刑。

疼!

他想叫，又不敢叫。

一遍又一遍，像是在犁地呢。

"犁"了一遍又一遍，越犁越深，越犁越疼。

篦子"犁头"的成果很大，脸盆的水里有十几颗虱子了。

母亲下手就更重了。

再后来，掉到脸盆里有虱子了，还有血珠。

虱子掉在水里还是虱子，血珠掉到水里就融掉了。

母亲又找来了石碱，开始给他洗头。

石碱碰到被篦破掉的头皮，他又受了一次酷刑。

母亲的酷刑远远还没有结束，因为她在他的头发里又发现了新的"敌情"：满是白米粒一样的虮。

虮是那些虱子生在头发上的蛋。

母亲用两根大拇指的指甲对着一粒虮挤压了一下。

"啪"的一声，很响。

"不得了了，是饱虮！"

饱虮就意味着这些虱子的卵还会生出更多的虱子。

摆在他的面前的只有一条道路，就是剃光头。

提到剃光头，他坚决不同意。

母亲说人家做和尚的也是光头呢。

虱子总是常有理　　　　　　　（邵展图 绘）

小虫子

正在他和母亲抗争的时候，父亲回来了。

父亲提供了一个灭虱方案。

虱子本来就是虫子，虫子都是怕农药的，用六六六农药粉洒在头发上，虱子不是就死掉了嘛。

母亲不同意，她担心他会中毒。

父亲说很多人家都这样灭虱子的。

既然很多人家都用过，母亲就同意了，并且她希望和老害一起灭虱子，她觉得老害已把虱子传到她的头上了。

这个晚上，他和母亲都变成怪异的人，两个人的头上缠着一块旧布，旧布里包着六六六农药粉。

头皮不痒了，但头晕乎乎的。

他很快就睡着了，梦里全是母亲"哈痒"他的笑声。

第二天早上……

第二天早上其实是惊心动魄的。

如果不是父亲发现得早，他和母亲都会和虱子同归于尽了。

母亲和他一起农药中毒了。

父亲的力气真大，背上背着母亲，手里抱着他，一口气冲到村医务室。

六六六粉的毒性并不是太大。

医生给母亲和他各打了一针，救活了。

全庄的人都挤到医务室门口了。

都传说是他父亲气自己女人气出来的结果。

父亲窘迫得很，赶紧用香烟打着招呼。赶过来的六指爷也帮着一起解释，这只是灭虱子。

六指奶奶不依不饶，不允许六指爷说话，也不允许父亲散香烟，她带着一批女人当场开了他父亲的批斗会，说是新账旧账一起算。

于是，父亲有了他一生中最委屈的一天。

他想笑，但没有力气笑。

他越是这样的表情，就越像一个可怜的小受害者。

跳蚤吃，吃跳蚤

他早就看到父亲给他眨眼睛了。

天很冷。

雪下了又融化，融化后又冻起来了。

父亲扭伤了脚踝，说是和六指爷出门喝酒，滑到了榆树桥下面的冰面上。

母亲说这是好事。

他不明白母亲的话：父亲的骨头差点断了，明明是坏事，为什么还说是"好事"？

母亲不解释。她就是这样说话，没有办法。

为了表示对父亲的同情，他郑重宣布：最喜欢热天，最不喜欢冷天。

"老天爷又不需要你老害喜欢。"

这是母亲的话。

老天爷真的不需要他喜欢呢。

热天该去就去，冷天该来就来。

他不喜欢的东西除了冷天，还有一个东西叫"西伯利亚"，只要广播里说到"西伯利亚"，那个该死的冷天就来了。

不能出门了的父亲开始接受母亲的指派，完成各种各样的家务活。

单脚跳跳蹦蹦的父亲在油灯下的影子特别滑稽。

他只笑了一次，就成了父亲口中的"小坏蛋"。

到了晚上，母亲给父亲指派的家务活是剥"小坏蛋"的皮，替"小坏蛋"捉"小小坏蛋"。

到了晚上，他得老老实实脱掉身上的"皮"，然后乖乖地钻到被窝里。

接下来的事是，父亲在油灯下，检查小坏蛋脱下的"皮"，捉掉那些寄居在"皮"里的"小小坏蛋"。

"小坏蛋"是他，"小小坏蛋"就是跳蚤。

跳蚤，是比芝麻还小的褐色吸人血的寄生虫。

谁能想到他身上的"皮"里有那么多跳蚤呢。

很多年后，他在电影《画皮》里看到美女脱画皮，立即就

想到了他在童年的晚上脱下的"皮"。

那"皮"是件"套装"。连体的棉袄棉裤。

连体的棉袄棉裤。加上一旧棉鞋，构成了他一个冬天的全部装备。

连体的棉袄棉裤很像古人打仗的盔甲，仅留肩膀的部位纽扣（用的是不同颜色和大小不一的纽扣），那是母亲花了十几个晚上在油灯下辛苦做成的（用父亲穿过的棉袄棉裤拆洗之后组装的）。

他从来没有任何内衣内裤，总是光溜溜地钻在里面。

御寒的"皮"上厕所特别费事。

比上厕所更难办的是穿与脱。早上起床，屋里滴水成冰，他得鼓足勇气，从暖和的稻草铺的床上起床，光溜溜钻进属于他自己的已油腻腻硬邦邦的"皮"中。虽然是棉袄棉裤，那两只袖口和两条棉裤腿真像是四根冰冷的铁管。

"小孩子是热元宝，一会儿就不冷了。"

母亲总是这样说。

过了一会儿，他真的不冷了。

天越冷，河里的冰块就越厚，用凳子反过来在冰面上溜冰。砸出一块冰，砸成圆形，用芦苇在中间吹融出一个洞，用草绳做成车轮拖着玩。

渴了，吃冰。

咯嘣咯嘣地嚼。

躲藏在衣缝里的小小坏蛋们总是在这时候趁火打劫。

左边。右边。上边。下边。声东击西。

它们打一枪换一个地方。

全身都是"小小坏蛋"在打他的身上游击战。

被小小坏蛋们咬过的部位还又酸又痒，都是他手够不着那些部位。

为了止痒，他学会了蹭痒。

像狗一样，背靠在一棵大树上或墙上，带着那张"皮"来回蹭。

母亲是不允许他带"皮"蹭痒的。补衣服是母亲最不喜欢做的事，费针线，费补丁，费煤油，还费眼睛。

单脚跳跳蹦蹦的父亲坐在油灯下。

过了一会，听到了一阵嘎嘣嘎嘣响。

这是反扣指甲的父亲在桌子边沿"处决"跳蚤的声音。

第一个晚上，父亲的"战绩"特别辉煌，空气中都有淡淡的血腥味。

"天啦，起码有一百只！"

他没听到有一百声"处决"跳蚤的声音，但他还是很得意。

母亲的心情也不错，她表扬父亲的时候，嗓音里充满糖的甜味。

被子里暖乎乎的。

这样暖乎乎的夜晚很久不见了。

第二天晚上，父亲向母亲报告说捉到了五十只。

第三天晚上，父亲的战绩下降到了十只。

到了第四天晚上，父亲花费的时间最长，战绩最是可怜，找了半天，仅仅找到了两只。

实在无事可做的又无法出门的父亲开始讲故事了。

父亲讲的还是跳蚤的故事。

父亲说他年轻的时候，去挑河堤的时候，晚上没事可干，就和六指爷比赛捉跳蚤，捉到了之后，就送到对方嘴巴里下酒。

"好吃不好吃？"

父亲回答他比花生米好吃。

父亲的回答让母亲一阵惊叹。

母亲说她不相信。

父亲说他没说谎。

他似乎忘记了上次屎壳郎的教训，很兴奋地从被窝里探出

跳蚤吃，吃跳蚤 　　　　　（邵展图 绘）

小虫子

头，建议父亲再在他的"皮"里找只跳蚤吃一下。

这会证明父亲没有说谎。

父亲看着他，他不敢和父亲对视。

父亲的眼睛里全是不确定的硝烟。

他赶紧又把头埋到了被窝里。

很多很多年之后，父亲捉跳蚤的夜晚还保存在他的记忆里。他在被窝里偷听，母亲竟然怂恿父亲继续在老害的"皮"上再找一个跳蚤。

"就一只！"

"一只！"

母亲的声音里有了撒娇的意思。

父亲没声音了。

待他再从被窝里探出头来，灯光竟然刺眼。

置放在两堵土墙中间的柴油灯被父亲取下来放到桌子上了。

过了会，父亲的手伸到了他的嘴边。

"吃吃看！"

他知道父亲那手里是什么。

他的嘴巴抿得紧紧的。

"吃吃看！ 你不是连屎壳郎也吃的嘛。"

这是母亲的话。

母亲竟然也站到父亲那边，鼓励他张开嘴巴，配合一下父亲。

父亲的手贴近他的嘴巴。

他没办法了，只好张开嘴巴，闭上，咀嚼，似乎什么也没有。

可能跳蚤逃跑了！

于是，他咀嚼得更欢快了。

"什么味道？"

"咸咸的，香香的，像咸花生米！"

母亲的眼神很奇怪。

他拼命地点头，嘴巴张合得更快了。

他早就看到父亲给他眨眼睛了。父亲的手中根本就没有跳蚤，父亲只是让他配合一下，表演给母亲看看。

母亲看他的眼光还是怪怪的。

苍蝇们的小把戏

那个夏天，他几乎把他一生要拍打的苍蝇全打死了。

母亲喜欢叹气。

洗衣服的时候，烧饭的时候，给猪喂食的时候，母亲总会轻轻叹气。

母亲叹气的声音不大，但他还是听到了。

他问母亲为什么叹气。

母亲总是否认：她根本就没有叹气，是他的耳朵出了问题。

他知道母亲叹气的真正原因 —— 老害什么时候才能长大呢？

有时候，他和母亲走在路上的时候，有人会故意问：

"这是你的孙子吗？"

母亲看了看他，回答他是她的老巴子。

他很羞愧，心里叹了口气。

当然他听到母亲的心里也在叹气。

母亲叹气的声音和他一模一样。

母亲肯定在心里也在说呢：

"老巴子，也是老害啊。养你这个老害，什么时候才能有用呢，鸡还知道生蛋呢。"

每次被别人误认身份之后，他总有几天会处于深深的愧疚之中。

连饭都不敢多吃。

家里全是有用的鸡，生蛋的鸡。

不生蛋的母鸡早被母亲卖给货郎老李了。

在他们家里，父亲是大劳力，是养活他们全家人的一家之主，他们吃的都是父亲苦回来的饭。

夏天为了干活，父亲每天起得很早，到了中午，父亲就要午睡。午睡完了，下午才有力气继续干活。

一般人家午睡都是搁一张芦席在地上。

父亲午睡是有讲究的，他会将家里的木门卸一扇下来，然后搁在门槛上，作为午睡的床。

这样午睡有两个好处，一是不靠地，蚂蚁爬不上来了。二是搁在门槛上睡，运气好的话，会有一阵又一阵的穿堂风。

有穿堂风的午睡是惬意的。

171

小虫子

　　更多的时候是没有穿堂风的。

　　没有穿堂风，就会有讨厌的苍蝇。

　　他悄悄找到了成为"小劳力"的方法，用给午睡的父亲扇扇子和赶苍蝇来保证父亲午睡的质量。

　　他做"小劳力"的头一个中午，父亲睡得相当香甜，呼噜起伏，肚子的起伏恰好和呼噜反过来。

　　母亲抱怨过父亲的呼噜太难听了，他感到父亲是在睡梦中唱歌。

　　躺在门板上睡午睡的父亲，松弛，憨厚，甚至还可爱，一点不像父亲平时那么严厉的样子。说实话，他在替父亲扇扇子的时候，心里一点也不怕父亲。

　　午睡的父亲是一只完全睡熟了的老虎。

　　他做"小劳力"的第一个中午，午睡醒过来的"老虎"，没有看到他的扇子，也没有看到他悄悄做的苍蝇拍。

　　父亲只看到了一个满头大汗的他。

　　父亲对他笑了笑，他赶紧对父亲笑了笑，心里会下起一阵水果糖雨。

　　又黏又甜的水果糖雨。

　　他做"小劳力"的第二个中午。

　　午睡醒过来的父亲，又一次看到了满头大汗的他。

他迟疑了一下，问：

"我打呼噜了吗？"

他使劲地点点头。

"响吗？"

他使劲地点头，又赶紧摇头。

他实在太紧张了，父亲不知道在刚刚午睡的时候，老害他经历了一场惊天动地的战斗。如果他注意一下脚下，就会发现有十几只被拍死的苍蝇。

那些苍蝇们实在太灵活了，很难拍打到它。本来以为快要拍到它了，但还没靠近，它就迅速地飞走了。

还有两只麻苍蝇竟然联合起来欺负他。它们先是一前一后进攻他，接着又换成一左一右进攻他，弄得他顾了头，顾不了脚。

他双手乱舞，咬着嘴唇，在心里哇哇哇狂叫。

后来，这两只进攻父亲也进攻他的麻苍蝇被他拍死了一只。

留下一只最大的，专门叮父亲鼻子的麻苍蝇，他一直没打到。

父亲问他呼噜响不响的时候，那只狡猾的苍蝇正落在门框的上方，得意地搓着双手呢。

这姿势实在太侮辱人了。

它仗着一扇门被父亲卸下来，就可以屋里屋外自由自在地飞呢。

小虫子

父亲把木门竖起来，放到门窝上，脚那么一抵，木门回到原位了。

父亲把门安置好，又下田干活了。

他赶紧把门关上，寻找那只讨厌的麻苍蝇。

找了半天，才发现它已飞到屋梁上去了。

无论他怎么挑衅，它就像是没看到他，完全蔑视他呢。

等他从六指爷家的草垛上找到一根长芦苇回来，那个仇敌 —— 麻苍蝇却不见了。

不在屋梁上，也不在门框上。

它知道他去找武器了被吓跑了吧。

谁能想得到呢？

到了第三天，父亲刚刚睡着，呼噜声还没变大的时候，那只麻苍蝇竟然又出现在屋梁上。

嗡嗡嗡。嗡嗡嗡。

麻苍蝇的叫声比昨天还响亮。

这还是在向他叫板呢。

他当然向它做出决斗的动作。

狡猾的麻苍蝇依旧回应的是搓手和搓头这样的侮辱动作。

如果不是怕吵醒父亲，他肯定会和它对骂起来。

174

过了一会，父亲的呼噜声稳定了。

他也安静下来。

他决定装打瞌睡，引诱这只麻苍蝇从屋梁上下来。

果真，过了一会，这只狡猾的麻苍蝇不叫了，慢慢向父亲靠近，他知道它的进攻的方向 —— 父亲的鼻尖！

这家伙想把父亲当成饭，这可不行。

说时迟那时快，他正准备拍打这只麻苍蝇的时候，父亲这只"老虎"一下子坐了起来，紧紧抓住他的手腕。

"你想干什么？"

"老虎"的声音很严厉。

他不知道他该回答什么。

他的手腕里还有一只旧蒲扇。

父亲的力气太大了。他眼睁睁地看着那只快要被他拍打到的麻苍蝇慢悠悠地飞走了，快要到门口的时候，还回了头，似乎发出了不屑的讥笑声。

"你拍苍蝇？"

"老虎"又问。

他点头，又摇头。

其实他也不知道他要表达什么。刚才他专心致志拍麻苍蝇的时候，突然醒过来的"老虎"把他吓得不轻。

小虫子

"那肯定是记仇，想杀我？"

他不知道是点头还是摇头了。

后来他的眼睛眨着眨着，眼泪就扑通扑通掉下来了。

他除了哭，就剩下哭了。

他哭得如此抢天动地。

在哭泣声中，他断断续续地把他这几年想做"小劳力"的委屈全说出来了。

因为父亲母亲说他不如生蛋的鸡。

为了不白吃父亲母亲的饭，两岁的时候，他扫地。母亲不相信他会扫地，又把地重新扫一遍。其实他是真的扫了，只是他的力气不够。扫过了的地，上面还有一层灰。

三岁的时候，他洗碗。母亲说他的手和碗前世里有仇，总是忍不住手滑，会打碎碗。

四岁的时候，他钻到灶后面烧火。麦秸秆有些潮湿，他钻进炉膛里去吹，火总是上不来，他就钻到炉膛里吹灶火，火冷不丁蹿出来，把他的眉烧光了，他的头发烧掉了一半。六指爷还笑话他是学上海人学烫发。

五岁的时候，他搬凳子到河里去洗，明明全洗过了，但那是旧木头做的，干了，和没洗一个样……

他的眼泪他的鼻涕还是有用的。

母亲记起了他的"烫发事情"，父亲相信了他是为了他睡好午睡赶苍蝇了。

其实父亲前天就知道了，只是跟他开个玩笑。

玩笑？

他哭得更伤心了。

父亲说了一个呆女婿拍苍蝇的故事。

从前啊，有一个呆女婿，要去丈人家看丈人。

呆女婿的母亲跟他说："到了他丈人家，要见眼生情，要勤力，要找事情做。"

呆女婿哪里有事情做呢。

呆女婿很听他母亲的话，就到处找事情做。后来，他终于找到了一个事做，他看到午睡的岳父头上叮了一个苍蝇，赶紧找东西拍打。

找来找去，只找到了一把木榔头。

呆女婿赶紧举起木榔头。

苍蝇没拍到，却把岳父拍死了。

父亲说完，呵呵笑了。

母亲也跟着呵呵笑了。

他们笑得很不好听，但他还是跟着笑了。

如果他不笑，他就是那个呆女婿。

他才不是那个呆女婿呢。

给午睡的父亲扇扇子拍苍蝇的任务就继续交给了他。

只是那只狡猾的麻苍蝇再也没有看到。

他和麻苍蝇家就这样结上仇恨了：他一看到麻苍蝇，就想到呆女婿。

那个长得特别像他的呆女婿。

家里的麻苍蝇打完了。

他忍不住就出门寻找麻苍蝇，还去猪圈茅缸边寻找青苍蝇，还有叮在楮桃树果上的金苍蝇 —— 它们飞得快，他拍打得更快。

这些"呆女婿苍蝇"都被后面的老芦吃掉了。

那是最会生蛋的老芦。

每天都能吃很多苍蝇的老芦生的蛋就更多了。有一次，老芦下了一只双黄蛋。

"想不到老害还是有用了。"

他拍苍蝇的劲头更足了。

那个夏天，他几乎把他一生要拍打的苍蝇全打死了。

除了那只再也没见过的狡猾的麻苍蝇。

它飞到什么地方去了呢？

这么多年过去了，他没有成为非常"有用"的人，也没有成为富翁，但他的确很少有懒怠的时候，算得上一个勤劳的人。

他知道当年母亲的叹气不全是为了他，但他会永远牢记母亲的话：

"鸡还知道生蛋呢。"

现在，苍蝇还是和童年时一样多，还是像它们的祖先一样，既狡猾，又自负。

嗡嗡嗡，嗡嗡嗡。

他已无动于衷了。

嗡嗡嗡，嗡嗡嗡。

苍蝇们的小把戏，不算是什么大事呢。

牛虻都去哪里了

"这世上有了牛，为什么还要有这些牛虻呢？"

很多虫子都不怎么见到了。

比如虱子不见了。

因为有好多种了不起的洗发精呢。去虱去屑。

比如跳蚤不见了。

人们每天都洗澡换衣服，跳蚤无处寄存，早不知道去哪里了。

但还是有许多飞来飞去的虫子。

比如苍蝇，比如蜻蜓，比如蚊子。

但长得有点像苍蝇的牛虻的确不怎么见到了。

牛虻见得最多的人，肯定是老穷叔了。

有次，父亲和六指爷喝酒的时候，讨论到他们共同的老朋友老穷。

父亲说老穷可能是这世界上说话最少的人。

六指爷说父亲错了，夜深人静的时候，老牛是开口说话的，它们和老穷会说整夜的话，到了天亮了，老牛不说话了，老穷也不说话了。

一个人和三头牛，每天晚上要说一夜的话，要说多少话呢？

父亲不相信。

六指爷说他曾听到过他们说话。

老穷会和老牛说什么呢？

六指爷说他听不懂，他特地还问了老穷在说什么。

六指爷说老穷没回答他，像是耳朵坏掉了。

老穷叔太喜欢牛了。

老穷叔的胸口还被过去的犟牛"触"出个血窟窿留下的伤疤。

冬天的时候，老穷叔住在牛屋，不回家。

老穷叔要在牛屋里给牛把尿，拿一个带柄的木桶，往牛后腿间一放，听话的牛随即就尿了。

牛尿很长。一泡牛尿会尿很长时间，有时候就是半天。

三头牛轮流尿。

老穷叔和那盏小马灯一样，几乎整夜不睡。

夏日的时候，牛虻就出来"啃"老牛了。

但老牛们有夏天过夜的方式。

老穷叔挖出防止牛虻咬老牛的牛汪塘。牛汪塘里是泥浆，老牛进了牛汪塘，泥浆糊了全身，就像是涂了一层厚厚的盔甲。

牛虻就无法靠近了。

但不甘心的牛虻们还是像轰炸机一样在牛汪塘上盘旋，它们总是在伺机吸老牛的血。

每到深夜，牛汪塘里会传来"噗、哧 —— 噗、哧 ——"的声音。

那是老牛们在"擤鼻涕"。

牛虻们实在太精明了，它们对浸在泥浆里的老牛无从下口，但呼吸的牛鼻处是可以叮咬的。

"噗、哧 —— 噗、哧 ——"

恼怒的老牛们在用"擤鼻涕"愤怒驱赶牛虻呢。

每个夏日的中午，老牛不能进牛汪塘，也不能进闷热的牛屋。

实在太热了！

泥浆会迅速干涸在老牛身上的，会把老牛"绑"得喘不过气来的。

老穷会把老牛系在树荫下。

牛虻就趋之若鹜。

老牛会靠甩尾巴来驱赶那些牛虻。

牛虻一点也不怕没有"泥盔甲"的老牛了，它们竟然还会专门盯着牛尾巴叮。

老牛的牛尾巴也会被牛虻叮得到处是脓疱。

往往这时候，老穷叔会把牛领到牛屋的背阴处。

老牛们的嘴巴动个不停，它们在沉默地反刍，任凭老穷叔用竹扫帚替它们赶牛虻。

那个时刻，差不多是他在家里替午睡的父亲赶苍蝇的时刻。

老穷叔手中的竹扫帚实在太厉害了，即使全世界的牛虻都过来了，也休想咬到他的三头老牛。

母亲说老穷叔对老牛那样做是为了还前世里欠下的债。

老穷叔用竹扫帚赶牛虻的场景一直留在他的记忆里。

后来，他出去上学了。

老师给他讲了进化论，讲了人和猴子的关系。

他的脑子里第一个冒出来的就是苍蝇和牛虻的关系。

苍蝇和牛虻长得实在太像了。可能它们原来是一家人，后来分别进化了，苍蝇和牛虻开始分道扬镳。

苍蝇们是飞向他们家的，它们的目标是他的在门板上午睡

小·虫子

的父亲。

苍蝇们铁了心要来骚扰，铁了心也要和他斗智斗勇。

牛虻们是飞向养牛屋的，它们的目标是老穷叔饲养的三头老牛。

牛虻们铁了心要去吸牛身上的血，尽管老穷叔手中有一把能扫除几百只牛虻的竹扫帚。

没吸过牛血的牛虻很轻很瘦，用来做鱼饵，只能浮在水面上，不像永远油腻腻的苍蝇，一落到水面上，就可以迅速钓到小鱼。

但要钓到大鱼，就必须用吸血后的牛虻做鱼饵，肯定会钓到大鱼的。

吸过血的牛虻是很难找到的。手持竹扫帚的老穷叔像三头老牛的忠实卫士，他是从来不会让那些牛虻得逞的。即使有一些牛虻能够偷袭到口，但还没吸完，就被老穷叔使劲拍死了。

牛虻得逞的地方，老穷叔会心疼地用自己的唾沫帮老牛涂抹。

到了下午，老牛就跟着老穷叔下田劳动了。

落在地上的牛虻尸体，一部分被蚂蚁搬走了，一部分被鸟啄走了。

过了白露，父亲不再午睡了。

牛虻都去哪里了 　　　　　　　　（邵展图 绘）

老牛们也不能进牛汪塘了（牛会受凉，会泻肚的）。

老穷叔和牛虻们的斗争还要持续一段时间。

后来，老牛可以进牛屋了，在牛屋里埋伏的牛虻们又开始蜂拥而上。

牛虻们和老穷叔手中的竹扫帚斗争的时候，真的是敢死队呢，一批批地围攻上来，又一批批被拍落在地上。

那些落在地上的牛虻们，随即被牛蹄们踩得稀巴烂。

"这世上有了牛，为什么还要有这些牛虻呢？"

这是他的问题。

老穷叔回过头看了他，缓缓说：

"田鸡要命蛇要饱，没办法的事。"

天越来越冷，牛虻们越来越少了。

老穷叔的小马灯还一直这样亮着，老穷叔开始做牛屎饼了。

他常常去帮老穷叔去做牛屎饼。

做牛屎饼就像烧饼师傅做黄烧饼呢。

老穷叔先用草屑倒入牛粪堆，赤脚在粪堆上踩踩匀。

他负责帮老穷叔盘成一个个大粪球。

然后，老穷叔就用一团稻草衬着，接着将粪球贴在墙上，像贴烧饼一样，使劲压下去。

一个个圆球变成了一个个圆饼。

牛屎饼完全贴在了墙上了。

老牛会叫，那叫声像号声。

那些牛屎饼，就像老牛们颁发给老穷叔的奖章呢。

他知道牛屎饼里是有许多屎壳郎的。

但老穷叔是不管有没有屎壳郎，统统会把它们一只又一只并排贴在土墙上。

土墙很快被老穷叔贴满了牛屎饼。

牛屋的土墙像是变成了一只二十八星瓢虫。

等牛屎饼干了，老穷叔又把"瓢虫星"一样的牛屎饼一一剥下来。

贴过牛屎饼的土墙上，留下无数个圆圆的牛屎饼印痕。

牛屋土墙更像一只二十八星瓢虫了。

等后来下过几场冬雨，土墙的牛屎饼痕迹会褪去的。

二十八星瓢虫就这样不见了。

直到下一年，老穷叔再次在土墙上贴牛屎饼，巨大的二十八星瓢虫会在这个地球上再度显形。

小虫子

后来。

地球继续转动，他在不停长大。

他离开老家，出去求学，初中，高中……

那是个高中的周末，他回家取在寄宿高中代伙的米，母亲讲了一个非常惊悚的复仇故事。

君子报仇，十年不晚。

那些被老穷叔打死过的牛虻来找他报仇了！

母亲的讲述中充满了迷信的成分，他有点听不明白。

故事是父亲在啰啰嗦嗦中补充完整的。

事情千真万确。发生在一个闷热的下午，老穷叔正给自家的稻田追肥，一大群牛虻（父亲说开始起码有一千只，到最后说有一万只）追赶过来，铺天盖地，像一大团轰炸机，直接来轰炸老穷叔的头。

老穷叔手中已没有竹扫帚了，只有一只化肥袋子。

完全处于劣势的老穷叔拼命地挥舞，大声呵斥，还是赶不走那些轰炸机般的牛虻们。

最后的镜头是，老穷叔拔出泥腿在田埂上狂奔。

那些牛虻们一点也不想放过他，远远看去，老穷叔的头上就像长出了一圈黑头发……

"……后来呢？"

父亲说老穷叔后来是跳到河里，扎了几个猛子，这才摆脱了那些复仇的牛虻们。

再后来，从来不流眼泪的老穷叔说话也更少了。

老穷叔几乎变成了一个哑巴。

这个故事一直放在他的心中，再过了很多年，他在和朋友们一起比赛讲"灵异事情"，他讲了这件"牛虻复仇"的事情。

恰好听众中有个学习"植保专业"的朋友。

朋友告诉他，"牛虻复仇"不是迷信，而是有科学道理的。

当时老穷叔给水稻施的肥叫碳酸氢铵。

碳酸氢铵虽然不是牛尿做的，但和牛尿气味是一样的。

牛虻们闻到了这种味道，就像有个遥控器，会强烈吸引喜欢牛尿的牛虻们。

但那时的田早已分掉了（联产承包责任制），用六指爷的话说，这叫各人自扫门前雪。老牛也分掉了（农业机械化），老牛屋当然也拆掉了。

没有了老牛，没有了老牛屋，那些不怕死的牛虻们是藏在什么地方的呢？

蚊子蚊子来开会

上天给每个人家分配的蚊子数量可都是一样的。

他现在是一个把开会作为"饭碗"的人。

开会成为饭碗。

这就是他现在的职业。

每每看到那么多人来开会,他就想到很多蚊子来他们家开会的事。

苍蝇来他们家"开会"的时间大多是正午。

蚊子来他们家开会的时间大多是晚上,等到蚊子把他们家闹嚷嚷成了一个集市的时候,外面的天色全黑了。

蚊子到他们家开会的时候,六指爷往往也会捧着茶壶来到他们家。

茶壶是六指爷的宝贝,里面泡的全是茶叶末,茶水又苦又涩。

六指爷骄傲地说，这茶壶以后可是宝贝啊，到了将来，可以不放茶叶，直接泡出茶，这茶壶就是大宝贝了。

六指爷还说老穷叔的宝贝是他的老牛。

至于他父亲的宝贝，六指爷告诉他，你妈妈就是你老子的宝贝，因为她特别会生孩子。

母亲说六指爷是活嚼蛆。

最惹蚊子的母亲还抱怨说他们家的蚊子全是跟着六指爷来的。

六指爷振振有词，指着屋顶说，上天给每个人家分配的蚊子数量可都是一样的。

六指爷说应该感谢他才对，如果他在自己家，蚊子就不会全咬在六指奶奶身上了。现在，他来他们家，等于均分了咬人的蚊子，这样咬在他们身上的那些蚊子，就比他没来他们家的蚊子少了许多。

六指爷很会说话，有些人说话是一句话把人说了跳起来，有些人说话是一句话把人说了笑起来。

六指爷总是会把人说了笑起来。

但是，蚊子来他们家开会的时候是不能笑的。

这时候他张开嘴巴笑的时候，就会有一群蚊子飞到他嘴巴

小虫子

里喉咙里，想吐也吐不出来。

蚊子实在太坏了。

苍蝇是明抢，蚊子玩暗袭。

最困的时候，偷袭他的背部，偷袭他不注意的地方，尤其是他光着屁股蹲坑的时候，它就悄悄地从黑暗中钻出来了，狠狠地叮住他。

其实不叫叮，应该还叫做偷袭，总是在它吸完了血他才能发现。

那些小蚊子，大蚊子。灰蚊子，黑蚊子，花脚蚊子。哼哼哼，哼哼哼，明明撞到了脸上，还是什么也看不到。

再听听，声音又消失了，再昏昏睡去，迷迷糊糊的痒，迷迷糊糊中再抓痒。

到了第二天早上，身上竟然有死蚊子，也有红脓包。

蚊帐的角落上，有几只殷红的饱蚊子。

饱蚊子比较好消灭，一巴掌狠狠打死。

哇哇哇，全是血，全是自己的血呢。

"如果夏天没有蚊子，那该有多好。"

这是他的幻想。

他还没说完，背后就被一只蚊子教训了一口。

"你真是吃了五谷想六谷。"

这是母亲对他的评价。

母亲一边说，一边拍大腿。

估计又一只蚊子被消灭了。

茫茫黑夜，看得见的地方，看不见的地方，全是黑压压的不怀好意的蚊子阵。

六指爷说吸人血的蚊子全是母蚊子。

全是蚊子妈妈呢。

为了这句话，母亲又有了三天不理睬六指爷。

六指爷说这不是他编的，而是广播里说的。

六指爷还说雄蚊子不咬人，雄蚊子们是吃素的。

母亲更生气了。

后来，母亲和蚊子妈妈们赌上气了。

母亲让他编"蚊子窝"——将芦苇叶撕成对半，然后用编辫子的方式把两片芦苇叶编好，再松开，正好是错开的一间一间的敞口房子，像楼房一样的"蚊子窝"。

母亲让他把这"芦苇蚊子窝"挂在蚊帐边，但每年的收效不佳，芦苇叶都萎掉了，"蚊子窝"才捉到一只蚊子妈妈。

即使这样，母亲每年还是坚持做。

小虫子

母亲真的和那些贪心的蚊子妈妈赌上气了。

乘凉的时候，母亲用上了一直储备的艾草、蒲棒、野薄荷叶，还有麦壳。

一到晚上，浓烟四起，咳嗽声声，眼泪涟涟。

他仿佛听到了蚊子妈妈们在烟气之外叹息。

六指爷评价说母亲这样的灭蚊法，是同归于尽法。

既熏死了蚊子妈妈，也熏死了自己。

母亲说她宁可熏死，也不要被蚊子妈妈咬死。

母亲说得有点咬牙切齿。

但就是这样的同归于尽熏蚊法，那些蚊子妈妈们还是会冲锋过来。

母亲怀疑天下的蚊子妈妈们都在跟她作对。

到了深夜，烟飞火灭，大家实在太困了，赶紧钻进那七补八补又闷又热的夏布蚊帐睡觉。

谁能想得到呢，用蒲扇赶了又赶的空蚊帐里还是偷偷居住了几只蚊子妈妈。

吃了几次亏之后，母亲破例让他用有了裂纹的玻璃罩子灯灭蚊子。

灯光一照，偷居在里面的蚊子妈妈就掉进玻璃罩子里。

"嗤 ——"

蚊子妈妈被灯芯吞掉的声音就像一根头发被灯芯烧掉的声音。

很轻很轻的声音。

还是有漏网之蚊子妈妈来咬母亲。

他去捉了不少蜻蜓，蜻蜓是专门吃蚊子的。

但逮进蚊帐的蜻蜓根本没有心思吃蚊子，到了第二天，蜻蜓还是蜻蜓，蚊子妈妈还是蚊子妈妈。

他怀疑那些都是些傻蜻蜓。

为了惩罚那些咬过母亲的蚊子妈妈，他会逮住那些蚊子，摘掉它们的翅膀。它们无法飞，然后再慢慢变小，再后来，就饿死了。

母亲不太同意他这样的灭蚊法。

母亲希望他一巴掌拍死。

一巴掌拍死它们，不是太便宜它们了吗？

母亲本来睡眠就不好，由于有了这些蚊子妈妈，母亲在一个夏天的睡眠都不好。

夏天快结束的时候，母亲生病了。

有时候母亲说太热，他就赶紧给她扇扇子。

有时候，母亲又说太冷，他得赶紧去灶上给母亲热姜茶。

到了晚上，母亲发现他穿的衣服特别少，这时候的蚊子妈妈还是很凶狠的，它们在西北风到来之前，还要疯狂进攻好一阵子呢。

"古有孝子喂蚊护老子，今有老害喂蚊护妈妈。"

六指爷的表扬让他有点飘飘然。

母亲看到了他脸上偷偷露出的笑容，回头看了看六指爷。

"什么喂蚊护妈妈？"母亲指着六指爷说，"你是坑我们家老害！"

"他生下来不足五斤，他的血是根本不够那些蚊子妈妈吃的！"

"他太小太瘦了，好不容易长这么大，你以后这样的玩笑不能开！"

母亲愤怒起来，还不允许父亲替六指爷打圆场。

那天晚上，母亲像在开六指爷的现场批斗会。

他觉得母亲有点小题大做，他怎么可能被蚊子妈妈咬死了呢？

但大人们说话的时候，他是不能插话的。还有，这是母亲

蚊子蚊子来开会　　　　　（邵展图 绘）

在当着外人"护"他，好像是他有生以来第一次呢。

屋子里的风越来越大。

除了继续拼命地给母亲扇扇子，他什么事也不能做了。

蚂蚁从不装死

以后，谁能保证他会不会在赶考的时候丢了笔画呢？

虫子们大都会装死，比如屎壳郎，瓢虫啊，叩头虫啊，像打不过就装死的无赖。

唯有蚂蚁不会。

活的蚂蚁，只要是活着的蚂蚁，它们总在动个不停。

蚂蚁从不装死。

母亲说蚂蚁不装死，也从不偷懒。

但蚂蚁们都是在"穷忙"。

不偷懒的蚂蚁的确是在穷忙 —— 头那么大，腰那么细，身上一点肉也没有，手脚却从来不停，爬啊爬，一粒跟着一粒爬，一粒跟着一粒接力搬运，米粒、果皮、虫子的尸体，甚至人们的头皮屑。

沉默的蚂蚁搬运队伍看上去速度不快，实际上速度很快。

小虫子

他稍微不注意，一支蚂蚁的黑亮队伍就漫过了一个门槛。

再过一会，这支蚂蚁的黑亮之线就转过了墙角，再也看不到了。

如果有一粒蚂蚁突然慢下来，步履踉跄，它真的不是偷懒，它"老"了。

"老"了就是死了。

死了的蚂蚁是真的死了，一动不动，像粒微尘。走路带起的一阵风都能带走它，带到更多的灰尘中，仿佛这粒蚂蚁从来没出现过。

有时候，蚂蚁们搬运的食物比它们的身体重很多。

听不到它们喊号子加油的声音。它们推的推，拉的拉，将食物运回洞穴。

如果此时用一根树枝在它们的面前挖一条"壕沟"，它们会停下来，准备绕道。

它们会跟着他绕道的方向继续挖"壕沟"。

这样的引诱会使它们搬运的队伍越走越远，后来，固执的绕道反而会使他放弃了对它们的欺负。

蚂蚁实在太好欺负了。

它们不叫喊，也不会复仇。

他用尿水围困过蚂蚁（等于洪水），也曾学孙悟空给唐僧画圈一样，用樟脑丸给几只蚂蚁画一个圈。

那些被他困住的蚂蚁，惊慌失措的样子，走投无路的样子，等于一场游戏的快乐。

下雨前，蚂蚁们一起往高处搬家。

秋风一起，蚂蚁们似乎商量好了，一起消失在他眼前。

有时候，蚂蚁们运输的粮食会被他们家的老芦中途抢劫。

本来老芦是不吃蚂蚁的，但为了抢夺蚂蚁嘴巴里的食物，那些双手托着食物的蚂蚁们往往也被老芦啄食掉了。

有次他看到蚂蚁们寻找到了半根口水浸泡过又沾满了灰尘的油馓子。

蚂蚁们抬着油馓子，步伐整齐，配合默契，要搬到蚂蚁窝里的难度应该极大。

油馓子太长了，足有一尺长。

如果放大起来看的话，等于他们全村的人抬着像巷子一样长的木头拐弯进洞。

本来母亲是让他去田野寻猪草的，但他还是决定守候在这里，一是防止老芦中途抢劫，二是想等到这队蚂蚁搬运行动的失败。

过了一会，灰色的油馓子成了黑色的小棍子，上面的蚂蚁越来越多。

小虫子

这根"黑棍子"在慢慢向前移动。

越过了一个墙角，蚂蚁们像是在给他表演魔术似的，"黑棍子"竟然沿着墙体拐弯向上，慢慢地，"黑棍子"垂直起来，继续向上。

而后，"黑棍子"倾斜下来。

再后来，"黑棍子"和墙缝平行。

最后，"黑棍子"慢慢地钻到墙缝里去了。

实在太厉害了，要不是母亲急促的呼喊声让他清醒过来，他可能也会变成一粒蚂蚁了。

在所有的蚂蚁中，田野里的亮蚂蚁又黑又大，还会咬人。

灶房里的灰蚂蚁又黄又小，它们从来不咬人。

其实，灶房里的蚂蚁才是最聪明的最胆大，也是最危险的。

灶房里有油，有饭米粒。

如果油锅不及时清洗的话，里面会爬满了抢食的蚂蚁。

清洗是无法洗干净的，往往这时候，母亲会让他往锅膛里塞一把草，过了一会，只听到噼噼啪啪的脆响。

油锅里的蚂蚁全烤死了。

灶房里的蚂蚁会抢饭，夏天刚刚烧好的饭，只要稍微凉下来，里面就爬满了蚂蚁，像是煮了一锅"黑芝麻饭"。

蚂蚁从不装死 　　　　　　　（邵展图 绘）

母亲不会倒掉"黑芝麻饭"，依旧是往锅膛里塞一把草。

这样，他们吃的就是"黑芝麻饭"。

有时候，饭里的"黑芝麻"实在太多了，但还得闭着眼睛，白的黑的，一起吃下去。

父亲的"黑芝麻饭"吃得最多，他是他们家的"大劳力"。

父亲吃下去了，会用筷子敲敲碗沿，说：

"宁吃蚂蚁三千，不吃苍蝇一个。"

一个夏天下来，父亲肚子里的蚂蚁芝麻绝对不止三千粒，他肚子里的蚂蚁芝麻也不止三千粒。

再多的蚂蚁芝麻也没把他的肚子填饱。

母亲为了防止蚂蚁们变成蚂蚁芝麻，她找来生石灰，沿着灶台洒了一圈。

但过了几天，蚂蚁们似乎找到了越过生石灰封锁线的方法，继续出现在灶台上锅盖上。

母亲很生气，找了一只新饭箩，每次烧好饭，赶紧把饭盛到新饭箩里，盖上毛巾，然后吊在屋梁下的铁钩上。

这样的话，蚂蚁们再也爬不上去了，也不会变成蚂蚁芝麻了。

它们无法爬到半空中。

蚂蚁实在太小了。

比玩蚂蚁更好玩的事太多了。

后来他不玩蚂蚁了，是因为他听到了一个蚂蚁报恩的故事。

过去有个书生进京赶考，他在路上，看到一群蚂蚁无法过沟，他俯下身子，找了一根草，给蚂蚁们搭了一座草桥，蚂蚁们过沟了。

后来啊，这个书生在考试的时候，丢了一个关键的笔画。

但没有被扣分。因为他救过的蚂蚁们主动爬到试卷上，凑成了这个关健的笔画。这个救蚂蚁的书生就这样中了状元。

以后，谁能保证他会不会在赶考的时候丢了笔画呢？

他真正对蚂蚁失去兴趣，是在老起和老起的父亲相互"演戏"中发生的事。

老起是他们村最会吸食螺蛳的人。

一盆螺蛳，仅需五分钟，盆里就剩螺蛳壳了。

老起的母亲死得早，他的父亲一口气把他拉扯大，还安置他娶了老婆。

谁能想到呢，老起的老婆对其他人都好，就是见不得她公公，不但分了家，还见面就骂老畜生、老不死。

小虫子

老起怕老婆。老起的父亲他从来不跟他儿媳妇回嘴，但总是隔三差五，趁着大家傍晚乘凉的时光往河里爬。

于是大家就把这个老头从水边拖上来，然后把老起喊来。

老起过来就跪在他父亲面前叩头，一边叩头一边说：

"你爬河里寻死，你夜里爬啊，没有人的时候爬啊。"

"你总是趁着人家乘凉的辰光，你是不是故意啊，故意的啊……"

老起的父亲不说话，反过来也给儿子叩头。

第一次见到这场景，很让他震惊：父子两个人相互叩头。

但后来见多了，也就不奇怪了。

每次老起还没有叩完头，他的老婆就过来了，不许老起"演戏"。

老起很听话，站起来，丢下他的父亲，跟着老婆回家了。

到了暮晚，没人管的老头还躺在那里，身边的那水滩慢慢干涸了。

但还是有蚂蚁，无穷无尽的蚂蚁爬满了他的身体。

老头依旧在呼吸和哼叫，蚂蚁们依旧在它们准备搬运的"物体"前目测，丈量，布置。

这是一项特别庞大的搬运计划呢。

祸起西瓜瓢虫

像彩色图钉一样的瓢虫们……

有一段时间，小伙伴中莫名其妙地流行起外八字走路。

外八字走得最好的，会是小伙伴中的明星。

后来，学了外八字走路的人都被大人揍了一顿。

理由很简单：不学好。

他也因为学外八字走路法被母亲揍了一顿，问他为什么不学好？

他说不清。

小伙伴之间的流行风是说不清的。

反正是一个学一个，就这样学起来了。

还有一段时间，他们中间流行啃饭团。

这样的话，每个人不再在家吃中饭了，而是把属于自己的一碗饭捏成一个饭团，然后凑在一起炫耀。

看谁的饭团大。

看谁的饭团啃的时间长。

为了成为一次明星，他在烧饭的时候故意少放了半茶缸水，这样饭会变得很硬，饭团会捏得很大。

结果呢，被母亲发现了。

下场和学外八字走路一样惨。

虫子也会成为他们中间的明星。

比如像小直升机的红蜻蜓。壮实得像小拳头的蝈蝈。像青铜做的犟头蛐蛐。蹦得比他们个子还高的叩头虫。跟他们比力气的独角仙……

像彩色图钉一样的瓢虫们，从来没有成为他们中的明星。

如果仔细盯着瓢虫看，瓢虫实际上很好看。

翅膀好看：小小的半球形的彩色翅膀下，还有半透明的翅膀，落下的时候，那半球形的彩色翅膀合起来，成为半个彩色的球，严丝合缝。（母亲对他说，这虫子的葫芦瓢盖子比他父亲做的水缸盖好多了，父亲笨手笨脚做的水缸盖太不合缝了，令母亲常看着水缸里的灰尘难受。）

比瓢虫翅膀更好看的，是翅膀上的星星。

黄底黑星。橙底黑星。红底黑星。绿底黑星。奶底黑星。瓢虫太调皮，有的翅膀上各画了一颗星星，成了二星瓢虫。有的翅膀上各画了两颗星，成了四星瓢虫。也有各画三颗星的，成了六星瓢虫。有的在翅膀中间多加一颗星，成了七星瓢虫、九星瓢虫。最多的翅膀上各有十四颗星星，叫二十八星瓢虫。

他捉过十星瓢虫。

十一星瓢虫。

十二星瓢虫。

十三星瓢虫。

十四星瓢虫。

从来没捉过十五星瓢虫，也没捉到过八星瓢虫。

他觉得没有什么缺憾，就像他们村有六指爷，其他的村庄就没有六指爷。

可能其他的村就有十五星瓢虫，有八星瓢虫。

瓢虫实在太小了。

还有，瓢虫的尿太难闻了。

瓢虫会留下酸不溜秋的液体，即使用烂泥洗几次手，那味道也难以消除。

把绿豆瓢虫改成西瓜瓢虫的是"小上海"。

"小上海"不是上海人，他是他们中唯一乘大轮船去过上海的小伙伴。

"小上海"去上海已是几年前的事了，但每到夏天，他们还是喜欢听他说大上海的冰激凌。

还有大上海的西瓜。

上海的街头摆放的全是西瓜。

有红瓤黑籽的西瓜，有黄瓤黑籽的西瓜。

黄瓤黑籽的西瓜比红瓤黑籽的更甜。

竟有黄瓤黑籽的西瓜！

他们嘴巴里全是口水。

小伙伴中见过西瓜的不多，吃过西瓜的人就更少了。

"小上海"实在描述不了上海的西瓜了，就拿着一只绿豆瓢虫说：

"看看，放大一万遍！"

"绿豆瓢虫就是西瓜！还是黄瓤黑籽的西瓜！"

就这样，绿豆瓢虫成了西瓜瓢虫了。

真的像西瓜哦。

祸起西瓜瓢虫　　　　　　（邵展图 绘）

越看越像，越像越宝贝。

无论怎么看，绿豆瓢虫就不再像土不拉唧的绿豆了，而像是黄瓤西瓜汁的大西瓜了。

西瓜瓢虫成明星了。

西瓜瓢虫一改名，大家就不怎么捉得到西瓜瓢虫了。

西瓜瓢虫肯定也知道自己金贵了。

也可能有人把这西瓜瓢虫真当成西瓜一口口吃掉了。

谁知道呢？

那是一个很平常的早晨，他正在做西瓜的梦，就被母亲从床上拖了下来。懵懵懂懂中被母亲扯到了门口。

捂着疼耳朵的他不知道发生了什么。

他们家门口站了很多人。有个凶神恶煞样的老女人坐在他们家门槛上，披头散发，眼泪鼻涕一大把，嘴巴中反复说一句话：

"我们家一个，你们家十个！"

"我们家一个，你们家十个！"

这个女人他是认识的，那是小留宝的奶奶。

小留宝就是帮他们家把屋顶上老芦捉下来的养鱼鹰的老张家宝贝儿子。他们家生了许多，后来只活下这一个宝贝。又矮又瘦。既不会爬树，也不会游泳。

他还没说话，母亲就把他踢倒在地。

他的膝盖在地上滑行了一阵子，他听到自己的小膝盖碎裂的声音，滑停在这个老女人的面前（多年之后，他读到了《格林童话》，女巫的形象就是这老女人的形象）。

"哎呀呀，打憋气棒啊！"

"我们家一个，你们家十个！"

母亲揉他打他。

他根本不知道他犯了什么错，他张开了嘴巴，喉咙里全是冤屈的喊叫，但一点声音也没有。

好在下田的大姐闻讯赶回来了。

大姐死死地箍住了愤怒的母亲。

母亲的力气没有大姐的力气大。

事情很简单了，小留宝的奶奶说她家小留宝被老害欺负了。

欺负的是小留宝的辫子。

这是胎辫子，也叫百岁辫。

这根辫子到十岁生日前，都不能掉一根。

小伙伴们都叫这是老鼠尾巴。

小留宝的奶奶说老害带头拽小留宝的辫子。条件是：给一

颗西瓜瓢虫，就让人拽一下。最后，小留宝的头皮上拽出了一个血泡。

"……像茶杯盖子那样大！"

小留宝的奶奶痛苦地比划着，仿佛小留宝的头已有了一个血窟窿。

他记得给小留宝两只西瓜瓢虫的时候，小留宝还主动让他碰他小辫子。他很害怕这根老鼠尾巴。他只是轻轻地碰了一下。

"冤枉？人家为什么不冤枉我？"

母亲根本不相信他。

比疼痛更疼痛的是母亲的不信任。

这比母亲把他尿床的事传播出去难受一万遍。

他三天没有走出门。

到了第四天，他还是忍不住拐出了门。

谁能够想到呢，不想见什么，就会来什么。

他看到了一只瓢虫，不是西瓜瓢虫，而是一只难得一见的八星瓢虫。

这是一只落在水坑里的八星瓢虫！

他本来想不管它，但还是去把它捞上来了，然后很小心地把这只倒霉的八星瓢虫安放到一棵牛筋草上了。

淋湿的八星瓢虫不停地抖翅。

只过了会儿，那灯芯绒似的小翅膀晒干了。

八星瓢虫在颤翅，越颤越快，后来，什么也看不见了。

天上是一轮窟窿般的大太阳。

无赖米象

一口一口省下来的米！

一天早上，母亲捂着头说头疼。

母亲说她昨天晚上又没睡好。

夜里，家里的各种声音实在太大了。

他心里一紧，快速把昨晚的事回忆了一下。

每天晚上，照例都是母亲负责把柴油灯吹灭。

这表示最劳累的一天结束了。

柴油灯熄灭之后，盖在他头顶上的，除了破棉被之外，还有黑夜这张大被子。

家里最先发出声响的是老鼠。

有时候老鼠会出现在床底下，把放在床底下的农具碰得叮当响。

有时候老鼠们会出现在草屋顶上，飞檐走壁，草屋顶上的碎泥碎草簌簌地往下落。

"啪——"

母亲在黑暗中轻轻拍了床板，又拍了床框。

这是母亲的威胁。

屋子里暂时安静了，但过了一会，老鼠们又开始了拖儿带女的狂欢，还多出了"吱吱吱——"声，似乎在挑衅：

"白天是你们的，夜晚可是我们的。"

他想求父亲做个老鼠夹，母亲说没必要。

的确也没必要。

这个穷家里实在没什么可以偷的。

菜油封在粗瓷坛里，可怜的一点点稻米豆子什么的，都储存在母亲亲自做的黄泥瓮里。这些黄泥瓮结实着呢，再锋利的老鼠牙也咬不出一个盗窃的洞穴。这是因为母亲在做泥粮瓮的时候，除了父亲从芦苇荡里挖回来的窑泥，还加入了从一百多里外的大运河边挖回来的黄泥，两种泥，再加上一道一道的糯米稻草扎，干透了的黄泥瓮其坚固的程度不亚于水泥。

屋子里安静了下来。

估计老鼠们认清了现实，去别人家做小偷去了。

屋子里只剩下父亲的呼噜声和母亲的呼噜声，此起彼伏。

父亲的呼噜声像是一个人在学爬树，一点一点地爬到高处，因为没抱紧，又一下子滑到最低点。然后再往上爬，再滑到最低点。

母亲的呼噜声则像是一个人在深夜里划船渡河，一桨接着一桨，划了半天，船也没抵达彼岸。

……再后来，他也睡着了。

以上是他的回忆。

他猜测让母亲睡不着的声音是父亲的呼噜声。

但母亲说她习惯了父亲的呼噜声。

他又说到了老鼠声，在所有见到的活物中，他最仇恨的是老鼠。

母亲竟然说也不是，指着他说，磨牙的声音！

原来让母亲睡不着的声音是他咯吱咯吱磨牙的声音！

母亲说那像是在梦中嚼东西的声音。

他一点也不知道母亲是什么时候醒的，他又是什么时候磨牙的。他一点也记不得了，如果他真的是在嚼东西的话，他肯定他是在咬他的仇敌老鼠呢 —— 去年的去年，它们竟然偷走了他藏在墙洞里的半颗糖，那是六指奶奶偷偷赏给他的一颗糖，他吃了半颗，还有半颗准备第二天吃给小伙伴闻的。到了第二天，墙洞里只剩下了被咬破的糖纸和三颗黑莲子一样的老鼠屎。

母亲又说，磨牙的声音并不难听，最难听的是"小偷们"在黄泥瓮里磨牙的声音。

他以为老鼠们把黄泥瓮咬出了洞。

黄泥瓮光滑如初，一个洞也没有。

小偷不是老鼠！

小偷是那些好吃懒做的米象！

母亲听到了小小的米象们在黄泥瓮里啃米的声音！

小偷米象很小很小，差不多和跳蚤一样大。

头比跳蚤长出了一截。—— 如果认真盯着它看，不停地看，他就能看见这个褐色的小偷，比跳蚤多了一根象鼻子呢！

小偷米象喜欢把产出的卵孵出来的小虫子留在米粒里面，像那些不劳而获的剥削者一样，吃饱了就在米粒中睡，睡醒了再吃，吃吃睡睡。

如果厌倦了这粒米的滋味，再换口味，钻到第二颗米中啃起来。

这些天生好吃懒做的小偷啊！

他们平时都舍不得吃的米啊！

一口一口省下来的米！

一颗米十滴汗，十滴汗一滴血。

父亲和母亲的血都被这些小偷偷走了！

黄泥瓮是大肚小口，母亲先是俯身用竹筒在黄泥瓮里挖米，挖出来的米全部倒在凳子上的竹匾上，再在阳光下摊晒开来，在白花花的米粒中间，果真有刺眼的褐色米象。

这些长了微型象鼻子的坏蛋一旦出现在阳光下，翻身朝上，动也不动。

它们和叩头虫一样，喜欢装死。

过了片刻之后，等母亲和他不注意，这些狡猾的小偷会偷偷飞走的。

母亲和他已管不了这些小偷米象了。

母亲再俯身，也够不着黄泥瓮下面的米了。

躲藏的小偷米象往往藏在黄泥瓮的最下层。

最后是他光身钻进黄泥瓮里，到最底层挖米逮小偷。

一竹箩一竹箩的米被挖了出来。

黄泥瓮最底层的米，也被他用扫帚扫了出来，还有他的一个大问号：

这些小偷是怎么钻到黄泥瓮里的，又为什么不喝水？

母亲没回答他。

她在翻那些被米象咬出来的碎米，她的眉头皱得更紧了。

母亲心疼这些米。

他也在心疼被小偷米象蛀空了的米。

—— 但他从来没听到过米象咬米的声音啊。

母亲找来竹筛，开始筛米。

他负责把竹匾里的那些刺眼的黑色拣出来，捏死，然后扔给老芦吃。

小偷们逃跑的速度比他杀死它们的速度更快，过了会儿，白色中的黑点少了许多，小偷米象们似乎全飞走了。

只是一恍惚，他再回头，发现刚刚满脸仇恨的母亲不见了。

好像有个魔术师，将筛米的母亲，置换成一个白发苍苍的老太太！

母亲本来就很老了，现在更老了，一个老太太了。

这不是他的母亲啊。

他一下子哭了出来，他最恨的不是老鼠了，而是小偷米象了。

221

小虫子

满头米灰的母亲以为他在为小偷米象吃坏的米心疼，安慰他说，不要紧的，其实虫子不脏，吃米的虫子不脏，也是可以吃的。

他的眼泪还是不停地往外淌。

前几天，他还和因为西瓜瓢虫而惹祸的小留宝一起做游戏了，可能被母亲看到了。这是小留宝主动逗他玩的，但也算是不听话不孝顺的表现吧。西瓜瓢虫事情之后，母亲一直叮嘱他，以后无论如何，要离碰不得的小留宝一丈远才行。

他一边抹眼泪，一边暗暗发誓：以后坚决要听母亲的话，坚决不回嘴，坚决不惹母亲生气了。

"白发苍苍"的母亲抬起头，给他抹眼泪，一边抹一边笑：

"……老害啊，真是害人不浅呢，要不你把我气死，要不你就把我笑死！"

母亲笑得很灿烂。

这是母亲沾了他的眼泪和米灰，把他的脸画成滑稽的大花脸了。

蝴蝶草帽

戴着金草帽的他，像一朵金草帽做的云，飘过了一个个金草帽样的草房子。

他哭了好久好久。

父亲不知道他哭了好久好久。

在他开始抹眼泪的时候，作为"肇事者"的父亲就出门了。

母亲以为他抹眼泪的原因是疼，眼神很怪异，她肯定觉得他今天怎么变得这样矫情了：这家伙不是原来也很"侉"的嘛。

的确很疼。

但疼不是他今天抹眼泪的真正原因。

如果真的要找原因的话，"疼"仅占了一小半，对未来的恐惧才是引领了他流眼泪的大部分原因。

父亲说他将来要变成"小癞子"了。

满头都是疤痕的"小癞子"。

"小癞子"是要打光棍的。

小虫子

他抹眼泪的大部分的原因就是将来找不到老婆的恐惧，以及不被人理解的绝望。

但这个原因他说不出口啊，如果他说出来，母亲就会把这个笑话去告诉六指奶奶，六指奶奶就会把这个笑话告诉全世界：

"老害才几岁啊，就开始想老婆啦！"

想到全村人挤鼻子弄眼睛的笑声，他头上的"小地雷"就更疼了。

母亲从来都认为让拐腿剃头匠给他剃小光葫芦头是正确的，同样花五分钱剃头，剃成小光葫芦头最划算。如果他的头发能像草一样可以薅的话，母亲会亲自动手把他的头发薅光，这也完全是正确的。

也就是说，这颗布满"小地雷"的头是正确的。

这些"小地雷"是母亲给他剃了小光葫芦头三天之后出现的。

"小地雷"是那些小光葫芦头上出现的小痘痘们。

它们真的像随时都可能引爆的"小地雷"。

"小地雷"开始有点苗头的时候，头皮紧绷绷的。

再后来，就有点捣蛋似的小疼。

后来小疼点实在太多了，像此起彼伏，又像是在接力比赛。

再后来，"小地雷"如馒头样慢慢发起来，红、肿、继续胀，一碰就疼。

到了最后，那些"小地雷"不碰也疼，就是连大声呼吸都疼。

父亲称这些"小地雷"为"暑疖子"——这是老害顶着一个大光头在毒太阳下晒出来的。

母亲称这些"小地雷"为"犟痘子"，是他这个小犟头的自作自受，不值得同情，小犟头非不肯待在阴凉头里享福。

他很想反驳母亲：这不是你给我剃成小光葫芦头的后果吗？

他不能把心中的这句话说出来，说出来就是不孝顺了，就是忤逆子。对付不孝顺，对付忤逆子，母亲有的是办法。

一闪照人心，雷打忤逆子。

他不想不孝顺，也不想做忤逆子。

母亲一改过去对他不管不问的态度，改成了每天早晚的关心和巡视。

关心和巡视的对象当然是他的小光葫芦头。

从母亲的言语和口气中，她并不完全是在关心他，而是为

小虫子

了"小地雷"的成熟。

母亲像是在等待猪下崽一样等待"小地雷"的成熟。

母亲说"小地雷"成熟的标志是它的"脓头引信"。

"小地雷"的脓头必须成熟到引而不发的程度。

如果有某一只"小地雷"快瓜熟蒂落了，母亲就会向父亲汇报。

向父亲汇报的结果 —— 父亲来"破地雷"。

"破地雷"就是"挤暑疖子"。

父亲总是不情愿，他说宁可去罱一船的河泥，也不愿意挤暑疖子。

挤暑疖子又腥又臭。

母亲说她力气太小了，还下不了"狠心"。力气不大，没有"狠心"，"脓头"则挤不出。这样还要继续生"地雷"，家里的"小癞子"就会受二遍苦受二茬罪。

有了母亲理由充分的请求，也出于对"小癞子"的同情，父亲开始"狠心"了 —— 他的一双大手要来他的头上"破地雷"了。

他赶紧捂住满是"小地雷"的头。

父亲笑了起来。

父亲说他还没有出手呢。

226

在父亲的嘲笑声中，他勇敢地伸长脖子，把光头递到了父亲的眼前，紧闭着眼睛。

过了很久，也没有疼痛的到来。

再睁开眼睛，父亲已不见了。

父亲去洗做完手术的手了。

下面是母亲的事情了，母亲正在破伤口处贴早剥好的火柴盒黑磷擦面。

这是用来止血的。

这叫做贴"黑布告"，小伙伴们都这样叫。

贴完了"黑布告"，父亲恰好洗完了手，又过来检查他心狠手快的"成果"。

小光葫芦头上，一半是未成熟的"小地雷"，一半是"小地雷"破了之后的"黑布告"。

"小癞子，一点也不疼吧？"

他点点头，又摇了摇头。

但他听到了父亲嘴巴里吐出了一个词："小癞子"。

小癞子意味着头上疤痕比头发多，走到哪里亮到哪里，肯定是打光棍了。

疼痛和绝望就是这样到来的。

汹涌澎湃，无休无止。

他的头被他的眼泪浇灌肿了，肿成了一只小笆斗。

每天"小地雷"都会成熟几颗。

每天父亲都是"下狠手快"。

母亲每天都会给他贴"黑布告"。

父亲不再说"小癞子"了，但他还是会哭上很久。

反正不能出门了。

反正变成"小癞子"了。

反正要打光棍了。

反正将来找不到老婆了。

他除了哭，还能做什么呢？

有一天，他没有哭，因为他的头上多了一顶草帽。

那可是属于父亲的一顶半新的草帽。

这顶半新的麦草帽恰好裹住了他的"小癞子"头。

后来父亲下田了。

在母亲的那面小圆镜里，他看到了戴草帽的自己，镜子里的草帽像是金草帽，他不再是"小癞子"了。

有了这顶金草帽，他眼睛里的好多东西都像是金草帽了。

所有的草房子，是每个人家的金草帽呢。

戴着金草帽的他，像一朵金草帽做的云，飘过了一个个金草帽样的草房子。

他要去的地方是打谷场。

打谷场边缘堆满了麦草垛，也像是一顶顶硕大的金草帽呢。

他的这朵小金草帽的云，就这样停靠在这些特大金草帽的阴凉下，看大人们在打谷场上翻晒麦子。

这是第二次晒麦子了，晒干了的麦子，要上缴国家的。

打谷场上的大太阳也像金草帽呢，不过是闪闪发光的大金草帽。这顶闪闪发光的金草帽把满打谷场上的麦子照耀得像金麦子，盛满了金麦子的打谷场也是一顶金草帽呢。

父亲的帽子却不是金色的，他的帽子是一顶上海白盔帽。这是父亲托货郎老李买的，去年父亲就想买了，但老李说人家上海没有货。今年老李带回了这顶上海白盔帽。母亲问多少钱？父亲回答说是老李为了补偿去年没买到上海白盔帽的缺憾，特地送给他的。

有人说这顶上海白盔帽是特殊的防弹钢做的，也有人说这是硬塑料做的。反正这上海白盔帽比麦草帽好多了，不怕风吹，也不怕雨淋。敲起来，脆蓬蓬响。

戴了上海白盔帽的父亲像干部了。

听人家说他像干部，父亲就拿腔拿调起来。

人多的时候，父亲会人来疯。

那些翻晒金麦子的人一边劳动，一边开着玩笑，那些欢声笑语，也像是金子打造的，叮叮当当的响。

父亲像大干部样对他挥了挥手。

他懂父亲的意思：他不能再晒了，再晒的话，他小光葫芦头上又会长出许多"小地雷"了。

在从打谷场回家的路上，他还是想到"小地雷"，头隐隐疼了起来。不过，仅仅一会儿，他又开心起来，像小马驹一样小跑起来。

太阳这顶金草帽最亮呢。

打谷场这顶金草帽最大呢。

打谷场边的草垛金草帽最重呢。

远处的草房子金草帽最旧呢。

在所有的金草帽中，他头顶上的金草帽最最聪明呢。

那颗贴满了火柴盒黑磷擦面的"小癞子"被它巧妙地藏起来了。

一只前面的触须像卷起的铁丝样的蓝蝴蝶就这样飞过来了。

它的两只翅膀一闪一闪的，一只翅膀上是金色丝绸的光，一只翅膀上是银色丝绸的光。他从来没见过两只翅膀完全不同的蓝蝴蝶呢。

袋蛾羽化了，会有灰翅膀的。

菜青虫羽化了，也会有灰翅膀的。

它们实在太普通了。

这只奇异的蓝蝴蝶似乎在引诱他——如果他走慢了，前面的它翅膀就拍打得慢些。如果他走快了，前面的它翅膀就拍快点。

有时候，那只蓝蝴蝶觉得太累了，就合上翅膀停在路边的蓟花上。

像一叶蓝色的帆，又像是合起来的蓝色手掌。

它在招手，它在等他。

他一阵眩晕：遇到了神仙化成的蝴蝶！

六指爷说过这世上是有神仙的。

有时候，神仙心情好的时候，会主动出现在人面前的。

果真，过了会儿，那只蓝蝴蝶就过来了，引着它向前走，一直走到了满是蝴蝶的榆树河边。

榆树河边的蝴蝶太多了。

榆树河边满是蝴蝶们那长着翅膀的身影，河滩成了美丽的蝴蝶花地毯。好多种颜色的蝴蝶，像不同颜色的花。

小虫子

蝴蝶们在金草帽前翩翩起舞，张开翅膀，收拢翅膀。

他的眼睛都被闪花了。

幸福得很，也难受得很。

金草帽就是这时候从他的头上飞掉的。

风跟他开了小小的玩笑。

他窘了一会儿，开始追赶在地上翻滚的金草帽。

他追赶得太慌乱了，惊飞起来的蝴蝶像踩碎的花瓣。

"小癞子"头又疼起来了。

疼痛是在父亲的上海白盔帽被烫坏了的第二天早上消失的。

还是在打谷场上，老穷叔奉献了一斤蚕豆，父亲自告奋勇炒了蚕豆。因为蚕豆太烫，他就脱下头上的上海白盔帽去盛炒蚕豆给打谷场那边的妇女们吃。结果，那么漂亮的上海白盔帽烫成了怪异的乌龟壳。

早上，父亲果真拿走了上次"赏"给他的金草帽。

因为早预想到了，所以一点不心疼，就像过年时，母亲大年三十给他一毛钱压岁钱，到了大年初一晚上，又会被母亲拿走"存"起来。

存在金草帽上的是他积攒了好几天的花蝴蝶。

蝴蝶草帽上面挂满了花蝴蝶。

花蝴蝶的中间，还有两颗金色的叶甲。

父亲以为金草帽上面的蝴蝶是活的，用手驱赶一下。

绿蝴蝶红蝴蝶花蝴蝶全哐当哐当的碎了。

他对母亲的教训一点也不生气。

母亲主要是心疼那乌龟壳的钱。

他更担心蝴蝶的磷粉究竟有没有毒？ 母亲说蝴蝶的磷粉是
有毒的。

提心吊胆地到了晚上，父亲训人的嗓门还是那样大。

一下子，他放下了悬了整整一天的心。

戴上金草帽的父亲不再像干部了。

那些天拥有过的干部相不见了。

过了几天，下了几场雷暴雨，淋过雨水的草帽变得很旧了，
金草帽像是很遥远的一个梦。

父亲显得更老了。

又过了几天，小光葫芦头上的"小地雷"慢慢不见了。

头发像雨后的草长了出来，小疤痕就像小石子被长出来的
头发埋没了。

小虫子

　　再也没有"小癞子"了。

　　有时候，乱发如刺猬的他看到了蝴蝶飞，会猛然想到被父亲那双大手猛然挤出"脓头"的剧痛。

　　但他真的记不得那疼出眼泪的疼是什么样的疼了。

　　人啊，终归是忘本的。

　　母亲说得真对。

千足虫出没

母亲说她天生就是住草房子的命。

怪孩子看管千足虫有好多年了。

不是蜈蚣，蜈蚣只有一百只脚。

这是有一千只脚的千足虫。

这是怪孩子最不喜欢的虫子。

千足虫的一千多只小脚走起路来，左右两侧的脚同时启动，前后足依次前进。这场景酷似后来这个怪孩子很多年后在电视上看到的，外国足球比赛场上的"人浪运动"。

这是有味道的波浪运动。

千足虫自带一种气味云团，那味道如尿液般臊气，又叫它"臊气娘娘"。

如果怪孩子碰了它一下，它会迅速地把身体和脚盘成一团，一动不动，装死，成为黑黄相间的精美玉雕，更像六指奶奶用

小虫子

黑黄丝线绣出来的盘扣。

　　过了会儿，"千足虫盘扣"会慢慢伸展开来，波浪再起，一浪一浪地波动到安全的地方。

　　千足虫出没的季节，是梅雨季节。

　　梅雨季节，也是一年中母亲发脾气的日子。

　　那时家里还没种棉花，母亲的大脾气还没有发出来。如果说种棉花发出来的脾气算作拳头的话，母亲在梅雨季节发的脾气只能算是小拇指头。

　　这样的小拇指头戳到每个人的身上还是疼的。

　　母亲发脾气可不是因为千足虫，而是因为梅雨季节的雨。

　　每天滴答滴答的雨，每天没完没了的雨，路上湿漉漉的，屋檐下湿漉漉的，家里的泥地也是湿漉漉的。

　　母亲不喜欢下雨。

　　母亲会说天漏了，天漏了！

　　天的确漏了，草房子屋顶上的草都烂掉了，有好几个地方都在漏。

　　母亲指挥家里的怪孩子用坛坛罐罐摆放在漏水的地方，还有一处是在怪孩子的床上。

　　洗好的衣服总是不干。

每天烧饭的草也没有办法，去年的稻草今年的麦草全淋湿了。

母亲抱怨说："还是用我的手放进去作草烧吧！"

去年的稻，和刚收的豆瓣里都藏了虫子。

母亲的脾气更加不好了，连蛀虫都欺负她！

母亲都像准备决斗的母羊，连家里的脾气最大的父亲都很识相，坚决不能往母亲的枪口上撞。

父亲说母亲前世里是向日葵投的胎。

没有太阳，"向日葵"会发莫名其妙的火。

怪孩子管不了母亲这棵有脾气的"向日葵"，也管不了父亲准备转移到怪孩子头上的怒火。

怪孩子只能管自己，还有梅雨季节中波浪般行走的千足虫。

怪孩子看管千足虫好几年了。

每到梅雨季节，怪孩子的眼睛里只有这些自带气味云团的千足虫。

千足虫软软地波动着。一节黑，一节黄，黑黄相间。它们的小黑脚似乎有特异功能，竟然粘不到一点烂泥。

它们从哪里来的？

它们要到哪里去？

小虫子

鸟是不啄它的，老芦也不肯碰它。还无法踩死它，如果一脚踩死它，被踩烂的千足虫立即复制出怪孩子当年尿床的味道。

说来也怪，只要他想到了他当年尿床，那些红黑色的千足虫就开始转向怪孩子的方向爬 —— 门槛后面的怪孩子。

小心脏就像老鼠一样乱撞逃窜。

怪孩子慌张起来，不知所措，仿佛刚做了坏事却被人窥见了。

怪孩子捏紧两根像筷子样的芦苇秆。

他夹起这只聪明的千足虫。

千足虫立即盘成了一只盘扣，怪孩子更好夹它了。

怪孩子把芦苇筷子夹住的千足虫扔到了更远处的榆树下。

那棵榆树下总有许多千足虫。

雨水停下来，还会出现更多的千足虫。

像是来赶集，也像是来来回回的找失去的东西。

怪孩子知道是什么原因。

那些年，怪孩子总是不敢看人，更不敢看太阳。

太阳很大度，把挂在榆树上晒的"画地图"的床垫都晒干了。

怪孩子不玩火，晚上不喝水，白天也不喝水，夜里还是被床单上的潮湿惊醒，漫漫长夜的羞耻，努力想捂干的漫漫长夜。

一切都是徒劳的，到了天亮还是要露馅的小小尿床精的羞耻。

他对不起母亲，对不起六指爷。

六指爷特地给他弄过来的猪尾巴，还必须躲在门后面吃。

但真的白吃了。

那些扔到榆树下的，全身黏滑、黑红鲜艳、柔似无骨的千足虫总是会乘风破浪地爬过来。

在无数次的羞愧与不安中，怪孩子恨定了千足虫。

梅雨和母亲的坏脾气终于"同归于尽"了。

太阳回来了，母亲变成了一棵正在对着太阳开花的向日葵。

母亲在阳光下洗衣服，最辛苦的是搓衣板。

脏被子被母亲反复在搓衣板上搓洗，跟怪孩子一起用竹篮抬着去码头上汰洗。

阳光在涨了水的河面上肆意跳动。

母亲额头上的汗滴晶亮。

怪孩子和汰洗好被子的母亲在码头上拧被子上的水。

母亲叮嘱怪孩子和她是往相反方向拧。怪孩子的力气太小了，母亲索性让怪孩子紧紧攥住不动就好。

哗啦哗啦，清亮的水从洗好的被子上落了下来。

239

怪孩子的鼻孔里全是皂角的香气，空气中也是皂角的香气。

挤干的被单又被怪孩子和母亲用老竹篮抬回了家。

母亲把拧干的被单晾在绳子上，绳子轻轻晃动，被单飘逸。过去的"地图"痕迹，早看不出来了。

但他还是看得见。

忽然，怪孩子向榆树根跑去。

榆树根下有一条黑红色的千足虫。

母亲喝住了他。

母亲很怕他把刚刚洗好的被单弄脏。

怪孩子定在那里，像是被孙悟空施了定身法。

后来怪孩子终于说出了好多年前母亲告诫怪孩子的话。

如果这虫子爬到谁家里，谁家就有尿床精。

这句话长在怪孩子心头好多年了。

母亲先是哈哈大笑，接着就把头摇得像拨浪鼓。

她说她从来没说过。

肯定是六指爷开玩笑的，要不就是老穷叔吓他的。

母亲说她从来没嘲笑过尿床精，因为谁家都有尿床精的。

"哪怕是皇帝家，也有尿床精的。"

母亲怕他不相信，问他尿湿的被子是谁晒的后来的被子又是谁洗的？还有小时候比尿布更臭的粑粑裤子。

怪孩子仰头看院子里的榆树，榆树的枝头在风中颤抖不已。

那些千足虫在脱衣服，脱一次就长很多小脚。

那些饥饿的千足虫宝宝会吃自己的妈妈，千足虫妈妈一动也不动。

怪孩子索性抱住榆树大哭。

谁也听不到怪孩子这个尿床精的哭声。

后来母亲就不管怪孩子了，说起了梅雨季节之后的草房子。半个月的雨水，原来很好看的草房子颓败了许多。

有许多凹槽的地方，就是家里漏雨的地方。

母亲说草房子才是真正的尿床精呢，草房子潮湿得不得了，就吸引这种臭虫子。

偏偏这种臭虫子又欺穷怕富，爬不到人家的大瓦房里面的。

怪孩子抹干眼泪和鼻涕，很正式地向母亲保证：以后一定会给母亲砌三间大瓦房！

母亲看着怪孩子。

"我知道你为什么不尿床了。"

"原来你的尿都从眼睛里出来了！"

院子里在风中飘飘作响的被单，母亲说她天生就是住草房

小虫子

子的命。

母亲说得很轻，但足以让怪孩子变成了一条一动不动的千足虫。

黑黄相间的身体和一千个小黑脚盘成一团的千足虫。

过了很多很多年，怪孩子这只千足虫还没有力气把全身的波浪线伸展开来。

母亲的预言是对的。

直到二〇〇三年五月，"向日葵"母亲离开了那颗四十多亿岁的太阳，也没住到怪孩子在赫赫阳光下向她保证过的大瓦房。

火车蜈蚣

这个笑话被母亲和六指奶奶她们讲了好多年。

人是不能欠债的。

欠了债就必须要还，包括上辈子的债务。

这是六指奶奶说的。

她说他为什么成为他们家的"老害"，就是老害的父亲母亲上辈子欠了他的债，因为没有偿还，他这辈子成为他们的第十个孩子，就是跟到这个穷家里讨债来了。

如果这个话成立的话，那每天生蛋的老芦肯定就是来他们家还债的了。

六指奶奶承认他这个说法是正确的。

老穷叔也相信六指奶奶的话，最近他老是送虫子过来"进贡"。

老穷叔上次在他们家喝酒了，吃了老芦下的蛋，这等于欠

了老芦的债。

"进贡"的虫子就是他还的债。

老穷叔"进贡"的虫子是用草帽反过来盛的，到了他家，就倒在地上，老芦看到了，会大摇大摆去检查，先把最肥的吃掉，留下瘦一点的，等会再吃。

那天他抢在老芦前面检查了一下"进贡"的虫子。

在一动不动的蚂蚱刀螂蜻蜓之中，竟有条好像还在蠕动的火车蜈蚣！

这可是他最想捉的火车蜈蚣，他想了好几年了也捉不到这种火车蜈蚣！

老穷叔轻描淡写地说，这蜈蚣是在他脱下来的鞋子里捉到的。

老穷叔的脚是天下第一臭，这条火车蜈蚣肯定是被老穷叔的臭鞋子熏昏过去的。

母亲不允许他养这条蜈蚣。

母亲想让他把火车蜈蚣给老芦吃，蜈蚣对于鸡来说，就是最好的山珍海味。

他觉得他是可以拥有这条蜈蚣的。

母亲说他胆太大了：你被蜈蚣咬哭了的日子在后面呢。

他说他不怕。

母亲说蜈蚣会趁着人睡着了，从人的耳朵里，爬到脑子里面，吸人的脑浆。

想不到父亲否定了母亲这个说法，他说他从来没听说过有人的脑浆被蜈蚣吸掉了。

为了不允许他养蜈蚣，母亲又来跟老芦说话：

"看看，就是老害贪污了你的山珍海味！"

老芦没听懂。

母亲只好央求父亲先把火车蜈蚣头前面的两个有毒腺的双刀毒钳给扳断了。

父亲没动。

母亲又说：

"你养的儿子哪里是胆大，简直没有胆呢！"

父亲依旧没有理睬母亲的啰嗦。

他也没理睬母亲的啰嗦。

母亲的话说得越多，就越是没有用。

反正，这只火车蜈蚣已变成他的火车蜈蚣了。

母亲还是不放心。

在吹灭柴油灯前，母亲特地来检查装火车蜈蚣的玻璃瓶盖有没有拧紧。

他用狠狠拧紧的样子给母亲看了。

等母亲走了之后，他又把瓶盖悄悄松开来了。

他又不是傻瓜，瓶盖拧紧了，他的火车蜈蚣会被闷死的。

还有，母亲以为这蜈蚣本来就叫火车蜈蚣呢。

全世界只有他一个人叫它火车蜈蚣吧。

火车蜈蚣是他给红头蜈蚣取的名字。

世界上许多种蜈蚣。

比如铁钉蜈蚣，黑背黄腹的铁钉蜈蚣个子最小，如果没有脚的话，看上去就像一根小铁钉。

比如青头蜈蚣，全身蓝黑色，头部的一对腮钳，就像微型的跟着唐僧去取经的挑担子的沙和尚。

相比铁钉蜈蚣和青头蜈蚣，红头蜈蚣的个子最长，要比铁钉蜈蚣长两倍，比青头蜈蚣长三倍。

红头蜈蚣修长的身体，像火车一节一节的车厢。

一百条蜈蚣腿就像火车的红钢车轮。

如果把红头蜈蚣放大一万遍，根本就是开向北京的红火车。

火车蜈蚣，火车蜈蚣！

只有红头蜈蚣才配得上"火车"这个词呢！

屋子里黑乎乎的。

父亲的呼噜声像潮水一样涌上来又退下去。

老鼠一会儿蹿到屋顶上，一会儿蹿到泥地上。它们在黑夜里过家家呢。

这些声音他太熟悉了。

他现在喜欢的是火车蜈蚣在玻璃瓶子里开火车的声音。

呜呜呜，火车蜈蚣大口呼气，呜呜呜，火车蜈蚣急促吐气。

切咣切咣，切咣切咣，火车蜈蚣的铁轮子碾压着铁轨。

铁轨颤抖，火车蜈蚣铁火车迅速奔驰，谁也拦不住。

他坐在火车蜈蚣的火车椅子上了。

火车蜈蚣车厢的外面有父亲和母亲，还有六指爷，他的第六个指头伸向他。六指爷一直想把他的六根指头的毛病"过"给他。

但他都爬上火车了，六指爷没有办法了。

呜呜呜，火车蜈蚣大口呼气，呜呜呜，火车蜈蚣急促吐气。切咣切咣，切咣切咣……他们向后倒去，火车蜈蚣带着他风驰电掣。

他的梦是被母亲"哎哟"一声的尖叫打断的。

父亲的呼噜声戛然而止。母亲让他点灯。但他摸不到火柴盒。后来摸到了火柴盒,连划了几根火柴,这才点亮了柴油灯。

父亲的影子有点颤抖。

事情发生得荒唐,母亲说她梦见火车蜈蚣从瓶子里爬出来了,后来爬到了床上,死死地咬住了她。

母亲肯定在撒谎,他的火车蜈蚣还在玻璃瓶子里呢。

虽然瓶盖被他拧松了,但它还是逃不出去的。

瓶子里有吃有喝,他捉了它最爱吃的两只刀螂在它嘴边的。

父亲验证了他的装火车蜈蚣的瓶子,蜈蚣在里面呢。

母亲还是坚持说是蜈蚣咬了她。

父亲让他举着柴油灯,他开始检查母亲说的被蜈蚣咬过的地方。结果仅仅找到蚊子叮过的两个小红点。

父亲笑着说母亲跟蜈蚣的八字不合。

母亲承认她从小就跟蜈蚣八字不合,除了和蜈蚣八字不合外,她还和壁虎还有蛇八字不合。她从来不怕老鼠,但只要看到蜈蚣、壁虎和蛇,心里就像长了长长短短的毛,说不出的厌恶。

柴油灯被吹灭了,父亲的呼噜又如潮水一样涌来涌去。

黑暗中,他听到母亲在骂他是个没良心的小畜生。

过了会儿,母亲又说小没良心的肯定在心里偷偷笑话她了。

见他一直没有发出声音，母亲又撂出了一句话：

"你被蜈蚣咬哭了的日子在后面呢。"

不可能的。

他在心里悄悄回答了母亲。

过了会儿，他又坐上了他的火车蜈蚣。

切咣切咣，切咣切咣……

啰啰嗦嗦的母亲越来越小，小得就像一粒蚂蚁。

白天的蚂蚁很忙碌。

它们爬过来爬过去，一丝也没有安静下来的时候。

母亲骂他是"小没良心的"，他觉得火车蜈蚣才像"小没良心的"。

火车蜈蚣在玻璃瓶子里一动不动。

他想摇动玻璃瓶，又不敢摇动玻璃瓶。

火车蜈蚣没动昨天放进去的小螳螂。他没敢让玻璃瓶出现在母亲的视线里。他小心地把玻璃瓶对着阳光看。

火车蜈蚣的每只脚都像是透明的，似乎在动，又不像是在动。

昨天晚上它被母亲的半夜惊叫吓坏了吗？

昨天晚上它在铁轨上奔驰得太累了吗？

下午，他找了个借口，带着他的火车蜈蚣去了老穷叔的牛屋。看到他惊慌失措的样子，老穷叔吓了一跳。

等到他把火车蜈蚣一动不动的事说清楚之后，老穷叔差点笑死。

老穷叔说为一条破虫子伤心不值得，死了就死了呗，再去挖一条就是。

但他的蜈蚣是火车蜈蚣，才不是什么破虫子呢。

老穷叔说这条破虫子没死，它和人相反，白天睡夜里醒，是"夜凶"。

难怪他很少捉到蜈蚣呢。

老穷叔说这破虫子跟人一样，需要吃最鲜的东西，喂螳螂还不如喂虾子，但是蜈蚣肯定养不家。

他觉得他的火车蜈蚣肯定会养得家的。

他的手还是被火车蜈蚣咬伤了。

是在喂火车蜈蚣吃虾子的时候被火车蜈蚣缠住的。

他没想到它根本不是睡觉，而是在假睡。他刚想把虾子塞到瓶子里，火车蜈蚣突然醒了，没咬他递进去的虾子，而是快速往上蹿逃。他下意识地用左手扑住它。火车蜈蚣在他的左手里左右翻搅，想从他的指缝里钻出来，他只好用指缝夹住，丢下虾子和瓶子，用右手来捂住火车蜈蚣的头。

火车蜈蚣在他的右手里左冲右突，紧紧缠绕住了他的右手的中指。

一阵钻心的疼从中指直接抵达了后脑门。

母亲知道他被火车蜈蚣咬伤的时候，他已忍着剧烈的疼痛把瓶子收拾好了。

如果母亲知道了他是去河边大柳树的树根须里捕捉的小虾子，他会罪加一等。在没有学会游泳之前，母亲是严禁他去水边的，母亲说水里有专门抓小孩吃小孩的水獭猫。

母亲让他用口水涂抹中指。

他说他已用自己的口水涂了好几次了。

母亲看了看他的渐渐粗起来的中指，叹了口气，找来肥皂，用碱水替他洗伤口。

母亲说，你马上胳肢窝也要疼的。

再马上呢？

再马上……你的肩膀要疼的。

他不敢往下问，他怕母亲会说出更可怕的话来。

自始至终母亲都没有追问肇事者火车蜈蚣的下落。

刚刚，火车蜈蚣把他咬伤之后，蹿到地上，切咣切咣切咣

切咣地开走了。

火车蜈蚣咬了他，还抛弃了他。

但他还是很想念它。

还没等吃晚饭，他的右胳肢窝就被塞了一块东西，有个很不舒服的东西。

母亲说开始"兴"了。

这是火车蜈蚣留在他中指的毒素往上走了，走到了胳肢窝里了，估计一会儿会更疼。母亲叫他快点吃饭，马上这个"兴"疼会转移到他的肩膀上，要趁着肩膀还没疼，赶紧吃饭，赶紧洗澡上床。否则疼起来的话，筷子都拿不住，洗澡的毛巾都拧不动的。

他赶紧吃饭，洗澡上床。

胳肢窝里有块热铁条在烙他了。每烙一下，他的牙齿就咯噔一声。

母亲说得不错。

他想问她刚才没有说完的话，"再马上"会怎么样？

其实不需要问了。从肿胀的中指往上走，走到胳肢窝，再等会儿走到肩膀，再从肩膀往上走，不是脑袋瓜是什么？

母亲忙完了再问他的时候，他已哭成了一个泪人。

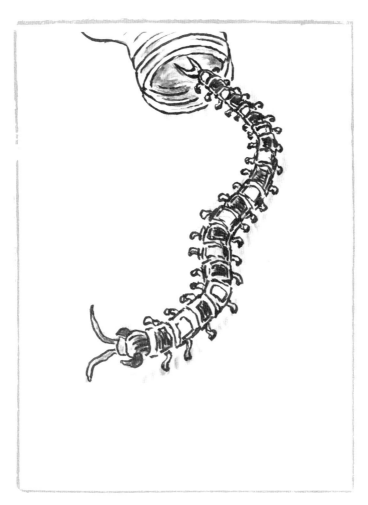

火车蜈蚣　　　　　　　（邵展图　绘）

"哎呀呀，怕死了吧？我还以为你又尿床了呢。"

母亲这个玩笑一点也不好玩。

六指奶奶过来串门的时候，他的疼痛已从胳肢窝转到肩膀上。

他的左胳肢窝也开始了疼痛。

母亲把老穷送蜈蚣的事，还有他饲养蜈蚣的事，以及被蜈蚣咬伤的事全讲了一遍。

"蜈蚣是五毒之首呢。"

六指奶奶的话又把他吓了一跳。

六指奶奶又说："没事没事，这世界上的是一物降一物，公鸡怕蛇，蛇怕蜈蚣，蜈蚣怕公鸡，天亮之后，公鸡一叫，无论什么蜈蚣咬的疼，全被吓走的。"

六指爷跟他讲过公鸡和蜈蚣天生有仇的故事。原来它们是好朋友，公鸡长着一对美丽的角，蜈蚣却没有，后来蜈蚣向公鸡借，蜈蚣起了贪心，不想还了。公鸡想要，蜈蚣想逃，它们就结仇了。咬伤他的就是公鸡原来的角，被蜈蚣化成双刀毒钳了。

"假如明天早上 ……"他很担心公鸡不叫怎么办。

"公鸡怎么可能不叫呢？是母鸡，就应该生蛋。是公鸡，就应该打鸣啊。"

六指奶奶觉得他的问题问得太奇怪了。

"万一呢？"

他还是不死心。

"万一这样的话，那就没办法了。"

六指奶奶可能被他问烦了。

的确，六指奶奶也不能保证明天早上公鸡一定会打鸣。

他更绝望了。

后来，他悄悄在被窝里哭了好久。

天还是很黑，他期待天快点亮起来。

但现在离天亮公鸡叫还有很长时间啊。

他的耳朵里全是母亲的啰嗦。你被蜈蚣咬哭了的日子在后面呢，真是不听大人言，吃苦在眼前。他的懊悔，疼痛，困意，再加上母亲的啰啰嗦嗦，他觉得脑袋也肿了起来，迷迷糊糊地睡着了。

没梦见火车蜈蚣，也没梦见铁轨。

早上他没听到公鸡的打鸣声，叫醒他的是捧着粥碗的六指

小虫子

奶奶。

他想抹掉眼角的泪水，咬伤的中指冒出了血疱，两只胳膊都抬不起来，下巴两边多了小鸡蛋般的肿块。

六指奶奶问他为什么哭。

他说公鸡没打鸣。

六指奶奶说在他昏睡的时候，全庄的公鸡都在拼命地为你老害打鸣呢。

母亲又跟着证明，全庄的公鸡平时打三次鸣，今天早上为了你老害，多打了一次鸣。

他不知道是不是该相信笑得很诡异的她们，反正自己的小命的确保住了。

他被火车蜈蚣咬出来的伤口是父亲治好的，他挖来几棵蒲公英，用锹柄在地上捣烂了，然后分成两份，一份敷在他的右手的中指上，一份敷在他右手的胳肢窝里。

到了下午，疼痛就消除了许多。

很多虫子都不会是笑话。

但火车蜈蚣绝对是个大笑话。

这个笑话被母亲和六指奶奶她们讲了好多年。讲了很多年，他觉得已经很不好笑了。但她们每次讲完，无论是讲的人，还是听的人，都要哈哈大笑。

她们笑多了，弄得他只要听到她们的笑声，他会满脸发烫。

她们又在说他了，说他这个胆小鬼怕死鬼被自己饲养的火车蜈蚣咬了。

被别人养的虫子咬不会是大笑话。被自己养的虫子咬也不会是笑话。被火车蜈蚣咬了更不会是大笑话，关键是他被火车蜈蚣咬成了一个怕死鬼。

他还有一个大笑话没说出来呢。如果他告诉她们，他养火车蜈蚣的目的，是为了让火车蜈蚣生蛋。火车蜈蚣生了蛋，然后孵蛋。孵出小火车蜈蚣来，他抓蚂蚱来喂它们，它们长大了再生蛋。生出好多火车蜈蚣，就可以卖好多钱。他早就打听过了。一尺长的火车蜈蚣，五分钱。二尺长的火车蜈蚣，一毛钱。三尺长的火车蜈蚣，五毛钱。等他养火车蜈蚣发了财，有了好多钱，将来就不用打光棍了。

如果有关小光棍的事再传出去，火车蜈蚣更是个大笑话了。

鸭虱子和笨河蚌

你吃河蚌，鸭虱子吃你。

　　更多的时候，他会爬到榆树上，骑在大枝丫中间，一个人静静待着。

　　地上那些小伙伴们小得像他们家老芦一样。

　　他们家老芦，小成了老芦蚂蚁。

　　榆树上的风比院子里大多了。

　　风送来了小伙伴玩游戏的嬉笑声。

　　他的耳朵捂得紧紧的，不想听到他们的嬉笑声。

　　捂了一会儿，他还是会把捂耳朵的手松开。伙伴们放肆的嬉笑声被风带得忽强忽弱的，不怎么听得清楚，但听得出来，他们很快乐，十分快乐。

　　他们是在继续玩"吃尾不吃头"的游戏呢。小伙伴们通过石头剪子布的裁决，第一个胜利的人做"头"，第二个胜利的做"吃尾巴的人"。其余的人就跟在"头"后面做尾巴。"头"护着他身后的尾巴，他身后的尾巴必须灵活，最好和"头"融合成一体，这样"吃尾巴的人"就不能得逞。胜负以吃到"尾巴"为成败的标准。

他在树上看着他们在做游戏。

一会儿他想象着自己就是那个"吃尾巴的人"，张大嘴巴想吃"头"后面的尾巴。一会儿他又想象自己是那个"头"，全力护着身后"尾巴"的安全。

这样的想象，令树上的他心跳加快，气喘吁吁，又无比沮丧。

他很害怕风把树上的叶子吹下来。

他就是那个早早被吃掉的小尾巴。

他必须等他们游戏结束，巷子上的小伙伴们一一散去，他这才从树上下来。

到了地面上，不要别人说他笨，他自己都承认他比别人笨。下树的时候，脚踝上又被蹭破了一块皮。仅仅疼了一下，他就明白了，他还是那个笨手笨脚的笨孩子。

"不要紧，十个指头有长短呢。"

母亲每次这么说，他都知道他是十根指头中最短的那根。

"不要怕，出水荷花有高低呢。"

母亲的话是安慰他的。他当然他知道他是那个荷花叶子下的那朵矮荷花。

如果用做馒头来比方的话，父亲母亲做前九个馒头的时候，用的材料是绰绰有余的，聪明的部分全长到哥哥姐姐身上了。到了第十个馒头，力不从心的他们，用边角料来做的第十个馒头，笨一点也无所谓了。说话慢，走路迟，人家都会飞了，他还在地上爬。碗总是抓不住，后来索性做了只木头碗。听不懂大人的话。烧火还捅坏了锅。

十个指头有长短呢。

出水荷花有高低呢。

就这两句话，母亲不知道重复了多少次，当然都是关着门说的。

但家里的门总是要开的，笨孩子也是要出门的。

每年夏天，他们这里总是要淹死一两个笨孩子。太多的水，太多的孩子，贫穷的日子里，大人们忙着生计，孩子们就这样在水中浮沉。有些孩子沉下去了，再也没有浮上来。

母亲总是带着他去看那个死去的笨孩子（他是他们的玩伴），他也会从人缝中挤到最中心看那个孩子。他戴着令人羡慕的火车头帽子，穿着过年才穿的新棉袄躺在草席上。很多人都在叽叽喳喳地说这个孩子的好话，他心里却惧怕极了。母亲在陪人家流泪后警告他说，在没有学会游水之前，千万不要去河边。

从七岁起，父亲开始教他学游水。

父亲教他学游水的方式非常简单，他撑船把他带到河中央，然后把他抱起来，直接扔到了水里。这样他肯定会在怕死的本能中学会游水。父亲还说，早已死去的爷爷就是这样把他教会的。可父亲把他是个笨孩子给忘记了。他双手双腿都不动，一直往下沉，坚决不划水。父亲等了一会儿，见势不妙，只好亲自下河去捞，然后把淹得半死的他拖上来狠狠地打了一顿。然后再次把他扔到水里。

他往下沉和父亲再去捞的剧情再次出现。

父亲以为他是在用不怕死和他赌气，他越是这样想，下手的力气越来越大。

后来父亲放弃了对七岁的他的游水训练。

他是在八岁的夏天学会游水的。当时父亲已不准备教他了。母亲让他再尝试一次。父亲也声明是最后一次，但就是这一次，被他扔到水里的他学会了扑通扑通的狗爬式。

回到家中，父亲指着他对母亲说，你家的宝贝疙瘩不会被淹死了。

小虫子

　　母亲很奇怪，提起了去年的事。父亲也很奇怪。

　　有关狗爬式的动作，他在岸上差不多悄悄自己训练了一年。

　　笨孩子只会越打越笨的。

　　学会了游水，母亲就不再管他去水边的事了。每天上午，他把分配给他做的家务活做完之后，他会头顶着家里的木澡桶下水。

　　岸上的笨孩子到了水中，同样是笨孩子呢。

　　聪明的孩子，总是会从水里捉到鱼、捉到虾，还从水边的螃蟹洞里掏出张牙舞爪的螃蟹。这些统统与笨孩子无关。

　　鱼太活了，手指都碰不到。虾子也很灵活的，明明捕捉到了手里，它还是从笨孩子的指缝里逃跑掉。螃蟹就更不谈了，螃蟹洞那么弯弯曲曲，有的螃蟹洞口还有蛇。

　　笨孩子曾经捉到了一只螃蟹，却被小伙伴们哄笑一堂，那是一只软壳蟹。刚刚蜕壳的软壳蟹是不能放到餐桌上的。

　　好在水里还有笨笨的河蚌们，它们不像鱼游来游去，也不像虾钻来钻去，更不像螃蟹把自己藏在弯弯曲曲的蟹洞里。它们就像是专门在等笨孩子过来，然后成为笨孩子的俘虏。这些笨河蚌真的就像不会捉迷藏的笨孩子，无论怎么躲藏，总会在水下的泥里面露出它的背脊 —— 水底的泥是软的，笨河蚌的背脊是硬的。笨小孩的脚掌心探到之后，河蚌也不会逃跑，就这么坐以待毙，等待笨孩子在水里踩去埋在河蚌两边的壳上的泥，笨孩子再扎一个猛子，到水底把这个笨河蚌挖上来。

每天黄昏，笨孩子带着他的木澡桶回来，木澡桶里全是大大小小的笨河蚌。笨小孩无法搬动一木澡桶的笨河蚌。他必须光着身子跑回家，用那只曾经盛过他的老竹篮，一竹篮一竹篮把笨河蚌装回家的。

在水里的时间太长了，笨孩子的嘴唇乌紫，手指头和脚指头全皱缩起来了。

笨孩子乐此不疲，从不喊累。

笨孩子只要学会了一样本领，就会没完没了地展示他学会的这项本领。

到了傍晚，笨孩子被水泡得变形的手指头才恢复原状，但没命的"痒"到来了。全身都在痒。胳膊上，大腿上，背脊上，肚皮上，屁股上，腿裆下，十根指头已来不及抓了。

他明明很困，但越来越汹涌的痒让他禁不住喊叫起来。

母亲说他惹上了水里的鸭虱子。笨孩子从来没听说过鸭虱子，现在他牢牢记住了鸭虱子。

父亲想到了一个办法，鸭虱子咬出来的痒不能抓，必须用

263

旧纸擦，撕门上的旧春联纸，擦着擦着就不痒了。

后来，笨孩子睡着了，在睡梦中，他摸到了一只比桌子还大的笨河蚌，但那河蚌实在太大了，他怎么也拎不上来。但他又舍不得丢掉。太着急了，就这么急醒了。

太阳老高了，父亲母亲都下田了，他睡了一个大大的懒觉呢。

笨孩子吃完早饭，来到水码头边。水面平静，水里有无数个饥饿的鸭虱子，又有无数个一动不动的笨河蚌，他才不会怕那些从没有见过面的小小鸭虱子呢。

笨孩子要把河里面所有的笨河蚌全部捞上来。

笨孩子摸河蚌慢慢有了经验。每天又有鸭虱子咬出的痒，但他已经不在乎了。痒多了，一点也不痒。就像疼多了，一点也不疼。

全身的小小的痒已不算什么了。

你吃河蚌，鸭虱子吃你。世界就是一张嘴而已。

世界就是一张嘴。笨河蚌就是一张嘴。所有的笨河蚌都是一张嘴。那些从来没见过的鸭虱子，肯定是水底河蚌的守护神。

再后来，笨孩子知道了有些笨河蚌的肚子里是有珍珠的。

这些笨河蚌比其它的笨河蚌稍微聪明一点，它们会用笨拙

鸭虱子和笨河蚌　　　　　（邵展图　绘）

的身体向河边的柳树靠近。到了午夜十二点，笨河蚌张开嘴巴，柳树上有露珠落到水里，恰好掉到笨河蚌嘴巴里的，就变成闪闪发光的珍珠了。

这珍珠价值连城，吃下去可以返老还童。

但有珍珠的笨河蚌似乎从未见过。

笨孩子家每天午饭的菜多了许多花样，不是咸鱼河蚌，就是韭菜河蚌汤。前者下饭，后者更是能饱肚。

看着父亲满意的表情，看着全家人的筷子伸向那盛满了河蚌的碗，笨孩子已不再贪念笨河蚌肚子里的珍珠了。

他们吃河蚌，鸭虱子吃他。就像狗苍蝇吃狗，很多狗叫啊喊啊，很惨，但狗苍蝇也不丢口。狗身上除了狗苍蝇，还有小小的狗跳蚤。小麦扬花，跳蚤统把抓。到了小麦扬花，跳蚤跳得到处都是，满地都在跳来跳去。

猪也有猪虱子吸血。鸡当然有鸡虱子，鸡每天待在灰堆里，就是想用灰堆里的灰把鸡虱子带出来。鸭子们喜欢去水里，把身上的鸭虱子洗掉。那些掉到水里的鸭虱子浮在水面上，正好咬到了摸河蚌的人。

老穷叔牛屋里的牛虻，牛虻总是跟着牛，吸牛的血。

大鱼吃小鱼，小鱼吃小虾，小虾吃泥巴。

这个世界就是一张嘴，循环吃。

还有蚊子吃他！

还有跳蚤吃他！

有一天晚上，笨孩子把摸笨河蚌时悟出来的道理讲给母亲听，狗苍蝇狗跳蚤猪虱子鸡虱子蚊子鸭虱子牛虻统统有一个特征：以小吃大。

母亲说他是榆木脑袋开窍了。

他想等到他把河里所有的笨河蚌全部摸上来，他肯定会变得更聪明的。

他真的想把河里所有的笨河蚌全部摸上来。

这是二十个指甲都生满了黄黄的水锈的笨孩子的想法。

笨孩子还有一句话没有说出来：

每个小孩都是咬大人的虱子呢。

有天中午，吃笨河蚌的父亲忽然停止了咀嚼，从嘴里慢慢吐出了两颗"鱼眼睛"。

父亲看了又看，说："哎，珍珠！"

"煮熟了，可惜了。"

父亲说得很轻松，珍珠煮熟之前，是闪闪发亮的，等到煮

267

熟了，珍珠就和鱼眼睛一样，一文不值。

　　为什么在剖笨河蚌的时候没有发现呢？

　　为什么不再相信笨河蚌里面还是有珍珠的呢？

　　笨孩子伤心极了，这可是他准备让母亲返老还童的珍珠呢。

　　后来，笨孩子对于后面的笨河蚌都反复的检查，但再也没遇到有珍珠的笨河蚌。剩下的全是笨河蚌了。

　　鸭虱子的痒还是给他留下了阴影。

　　很多年之后，他最不喜欢的运动就是游泳。

　　那个"吃尾不吃头"的游戏，在别的地方竟然叫做"老鹰捉小鸡"。

　　后来也想明白了，童年里出现过许多鸟 —— 麻雀、喜鹊、白鹭、野鸡、野鸭，但从来没有出现过小鸡的天敌老鹰。

　　他们这里的小鸡没有老鹰这种天敌，但是有吃鸡的黄鼠狼。

　　几乎每家都有小鸡被黄鼠狼拖走吃掉的故事。

　　母亲说黄鼠狼晚上视力特别好，鸡到了晚上是瞎子。

　　黄鼠狼袭击鸡的时候，就像后来电影中出现的吸血鬼，总是先咬住鸡的脖子，快速吸掉鸡的血，然后再拖走。

　　有天晚上，老芦还是小芦的时候，院子里来了只黄鼠狼。要不是母亲夜里耳朵尖，闪电般地从家里冲到院子里的鸡窝前，小芦就被黄鼠狼拖走了。

如果拖走了，就没有后来的老芦了。

有一天，母亲表扬老芦的时候，他突然想到了那只被母亲赶走的黄鼠狼。

"你说黄鼠狼为什么一定要吃小鸡呢？"

"我怎么知道呢？你也有一张嘴，你为什么不去问黄鼠狼呢？"母亲的表情非常严肃，"你还可以去问问蛇，蛇啊蛇啊，你为什么要吃田鸡呢？蛇啊蛇啊，你能不能不吃田鸡呢？"

说到这里，母亲憋不住了，开口笑了起来。

母亲的眼睛鼻子也跟着笑了起来。

母亲很少这样笑呢。

于是，他也跟着母亲笑了起来。

蜘蛛与孝子

这些鸭舌帽蜘蛛真是替他而死呢。

大部分时间里，母亲都很严肃。

母亲这张严肃的脸是有名字的，父亲把这张脸叫做"苦脸"。

有"苦脸"就会有"甜脸"。

母亲也有"甜脸"的辰光 —— 是老芦生完蛋，它特地走到母亲的身边，然后咯咯咯叫着表功。

那时母亲是"甜脸"。

还有，有喜鹊飞到他家榆树上叽叽喳喳叫的早晨。母亲会抬起头来找喜鹊。

那时母亲是"甜脸"。

母亲坐在桌子边补裤子，有一只细长腿的红褐色的小蜘蛛从屋顶上滑翔而下，然后落到母亲花白的头发上。母亲发现后，会很温柔地把它引到手上，然后再由手引到土墙上，看着小蜘蛛再次爬到屋顶上去。

那时母亲也是"甜脸"。

母亲是不允许他碰小蜘蛛的，因为这蜘蛛叫做喜喜蛛。

六指奶奶说，喜喜蛛落到人的头上，这叫做"喜从天降"。

把喜喜蛛放生之后，再次坐到桌边的母亲脸上会多出一丝丝引而不发的欢喜，甘蔗嫩芽般的笑意悄悄从母亲的嘴角边蹿出来。

母亲的"苦脸"消失了。

母亲的"甜脸"会让整个屋子亮堂起来。

他喜欢母亲的"甜脸"。

因为母亲的"甜脸"，榆树上的喜鹊们是他的好朋友。

为了他的喜鹊朋友，他从来不带有弹弓的小伙伴到他们家玩。

喜鹊比人还会记仇。

生蛋的老芦当然是他的好朋友，他的蚂蚱，就是它的鸡蛋。

躲在屋顶上的喜喜蛛也是他的好朋友。相比老芦的大胃口，喜喜蛛的胃口就小多了，它喜欢吃蚊子，他会把拍死的蚊子作为零食放在它家附近的土墙缝里。喜喜蛛爱吃花脚蚊子，有时也会尝一点点饭米粒。

喜喜蛛吃花脚蚊子的样子比老芦吃蚂蚱好看多了。

喜喜蛛吃他送的"零食"的时候，他得警惕躲藏在暗处的壁虎们。那些飞檐走壁的壁虎们看到了喜喜蛛，就像黄鼠狼看到了老芦。

为喜喜蛛防守壁虎的时候，他既像夜里为了老芦赶走黄鼠狼的母亲，也像那个在景阳冈上打虎的武松。

有一次，壁虎没打着，自断的尾巴掉落在地上。

恰好母亲走进来，断掉的壁虎尾巴还在她面前蹦跳，而贪吃的老芦以为是只活虫子正迅速赶来。

在一阵慌乱中，母亲轰走了老芦，也狠狠地警告他。

如果把老芦毒死了，他会"有命没毛"。

他没有品尝过"有命没毛"的滋味，但他知道，那是母亲心中最厉害的酷刑。

他不怕"有命没毛"，反而害怕母亲知道他为什么要去打壁虎，更害怕母亲知道他为了让家里喜喜蛛数量增多，而不断捉喜喜蛛回家的事。

八条腿的蜘蛛有好多种，但他只喜欢喜喜蛛这样八条腿的好朋友。褐红的长腿系着透明的蛛丝在母亲的头顶上荡秋千，然后像最出色的跳伞运动员，准确地在落在母亲的头发上。有时候，会降落在母亲的耳朵上。有时候，还会调皮地降落在母亲的鼻尖上。

他喜欢他这个八条腿的好朋友。

他真的喜欢母亲的"甜脸"。

谁能想到呢？

父亲出事了，赤脚巡田的父亲倒在了水稻田里。好在被放牛的老穷叔发现，正在送往医院了。

消息是六指奶奶跑过来告诉母亲的。

母亲脸色陡变，狂奔起来。

他想跟着母亲一起去。

母亲喝住了他，让他守家。

家里有老芦，猪圈里有"猪八戒"。

家里热闹起来，拥过来很多到来看热闹的人，家里只有一个满脸滚烫低头不说话的他。

后来热闹的潮水又迅速退去。从他们的议论声中，他知道了父亲的故事：赤足巡田的父亲是被毒蛇咬了。如果不是老穷叔及时发现，父亲就死了。

后来，黄昏就来了。

那是一个特别漫长的黄昏，他学着母亲的样子煮了猪食，然后给猪圈里的"猪八戒"送去。

比黄昏更长的是一个人的夜晚。

他不敢睡觉，也不敢哭，一个人坐在屋子里，又害怕院子里跑来惦记老芦的黄鼠狼。一条毒蛇能埋伏在稻田里等着父亲，黄鼠狼也能在院子里等着他。

再后来，柴油灯里的油耗尽了。

他只好蜷伏在黑暗中等待天亮。陷入黑暗中的他开始了漫长的流泪。头脑中不停地出现一个头缠白色孝布的哭孩子。他恶狠狠地赶走这个哭孩子，但哭孩子还是执拗地站在他眼前，根本不怕他揍他。后来他索性不理睬哭孩子了。泪水还是一颗颗漫下来，一直漫到他的脚背上，然后像一条冰凉的小蛇游动到地面上。

他不敢再赤脚在地上了，赶紧缩起双脚，将自己蹲放在小板凳上，继续流泪。

有一点冰凉的小东西落在他的耳朵上了。

他知道是喜喜蛛。

他的这个八条腿的朋友，它什么话也没说，但它什么话都说了。

被毒蛇咬伤的父亲是天亮之后回来的。

院子里又热闹起来，安慰父亲大难不死，必有后福。

老穷叔和六指爷在院子里点着了小鞭炮，硝烟散后，很多小伙伴过来寻找没有爆炸的幸存的小鞭炮。

　　要是在以往，那群寻找幸存的小鞭炮的人肯定有他。

　　父亲被毒蛇咬伤的部分是右脚面。他的右脚右小腿肿胀着，医生在他被毒蛇咬伤的伤口划了一个"十"字形，血水不断地向外流淌。

　　他不敢看父亲脚上的伤口。那伤口的样子进入了他的视线后，他会全身禁不住颤抖。看到他颤抖的样子，父亲说他真是个胆小鬼。

　　父亲的笑话又让他哭了起来。

　　母亲给了他一巴掌，她不允许他哭。

　　他哭得更凶了。好在六指爷一直在他们家，他避免了母亲的"有命没毛"的酷刑，还揽下了一个任务 —— 去田野里挖草药，是治蛇毒的中药。

　　第一次挖是六指爷带着他去的。

　　第二次他就独自拎着老竹篮去的。

　　治疗毒蛇咬伤的草药有两种：半枝莲和铺地草。

　　半枝莲喜欢水，其它花是一整朵开的，而半枝莲的花永远是半朵。

　　铺地草不喜欢水，红梗绿叶，矮得不能再矮，扁扁地贴在

小虫子

地面上长。

两种草药都很小，要挑很长时间才能有一竹篮，而这一竹篮再由母亲捣烂了，只剩下一小团。

每次看着那些捣烂的草药敷在父亲的脚背上，他都期待奇迹的发生。

要不是货郎老李的到来，父亲的脚可能还要肿下去。他给父亲带来了南通"季德胜蛇药片"。玻璃管里的药片黑乎乎的。

吃法很奇怪，黑乎乎的药片必须融化在酒中，然后再跟酒一起服下。

六指爷说父亲有口福，什么东西都敢做下酒菜。

母亲和他想笑，又不敢笑。

六指爷是在打笑父亲呢，父亲自己交代了，被那条叫地皮蛇的毒蛇咬伤，就是因为"口福"的事。

当时父亲赤足巡田，在稻棵中间的小水坑踩到了一只"大螃蟹"。

他用脚死死地按住，然后弯腰松脚，正准备捉那些"大螃蟹"时，"大螃蟹"顿时变形成地皮蛇，蛇头从脚下探出，直接咬在了父亲的脚面上。

父亲都没看清是什么东西咬伤了他，脚面就肿胀起来。

要不是老穷叔听到了父亲的呼救，撕掉了裤子，做成布条绑住父亲的大腿。

　　否则蛇毒会往上走。

　　毒蛇的毒再往上走的话，父亲就危险了。

　　每次挑草药的时候，他都把他的内疚想一遍。如果他学会了捉螃蟹，那父亲应该就不会被蛇咬伤了吧。

　　六指爷说他见过地皮蛇，灰不溜秋的，很丑。越是丑的蛇，越是有毒。反而是那些好看的蛇漂亮的蛇是无毒蛇，翠绿的青草蛇，艳红的火赤练，还有白蛇，白蛇精还爱上了许仙了呢。

　　"为什么长得越丑的蛇，越是有毒？"

　　六指爷没回答他的问题。

　　他猜测是因为地皮蛇生来长得丑，心情本来就不好。长得丑，还被其它蛇嫌弃，心情更不好了。心情长期不好了，当然就有毒了。

　　他很想找到那条咬伤父亲的地皮蛇。

　　六指爷每天都来，一边跟父亲聊天，一边查看父亲的伤口。

　　父亲的小腿慢慢消肿了，但脚面上的伤口好得太慢了。

　　有一天，六指爷命令他把嘴巴张开。

　　他吓得一哆嗦，以为六指爷想查看他的牙齿是不是地皮蛇

277

的牙齿。

他想多了。父亲伤口的脓水流得太慢了，而过去的蛇毒，人家郎中每天用嘴巴帮伤员吸蛇毒的。六指爷说吸蛇毒的人必须牙齿完好，否则郎中一吸完，嘴巴里有蛀牙，还没治好伤员呢自己就中毒死掉了。

他的嘴里全是蛀牙。

六指爷说还是有办法的，让他去捉八条腿回来，越大越好。

六指爷的话似乎是说了一半，留了一半。

父亲以为六指爷说的是八条腿的螃蟹，他以为六指爷说的是八条腿的喜喜蛛。

六指爷说的八条腿是喜欢结成八卦阵网的黑蜘蛛。

八条腿的黑蜘蛛喜欢吸蛇毒。

天下还有这样奇事！

母亲没听说过，父亲也没听说过。

捉黑蜘蛛可比捉蹦蹦跳跳的蚂蚱容易多了。

小伙伴们从来不叫这种蜘蛛为黑蜘蛛，直接叫这种蜘蛛为鸭舌帽蜘蛛。

鸭舌帽蜘蛛永远有一个像鸭舌帽的大屁股。

鸭舌帽蜘蛛喜欢在屋檐和树杈中间结出八卦图一样精美的

蜘蛛网。蜘蛛网守株待兔，各种飞来飞去的虫子会自投罗网。

那些虫子被蜘蛛网粘住了，鸭舌帽蜘蛛会迅速地先在猎物身上咬上一口，然后存放在蜘蛛网上，并不立即吃掉。

这在后来的《西游记》上出现过，山大王捉到了唐僧，又不着急吃掉，反而是去邀请别的妖怪到晚上一起享用。

当然，也有大虫子没被粘住，挣脱了，飞走了，留下一个徒劳的洞。

鸭舌帽蜘蛛会赶紧过来补网。

鸭舌帽蜘蛛补网季节就是捉知了的季节，它们每天都得重起炉灶，重新结网。补好的网和结出的网，几乎就是全新的网，看不出任何破绽。这些鸭舌帽蜘蛛的大屁股里全是神秘的丝。

每天，它们的蜘蛛网都被那些准备用蜘蛛网粘知了的小伙伴"抢"走。

现在，他做的事不是破网，而是捉贼擒王。

第一次擒王行动收获很大。

三支装蛇药的玻璃瓶里装了十几只鸭舌帽蜘蛛。

隔着玻璃看过去，它们真像是被他俘虏的小螃蟹呢。

后来，这些"小螃蟹"都死了。

六指爷说得不错，这些张牙舞爪的鸭舌帽蜘蛛很贪吃，只

要放到父亲的脚面上，就不再逃跑，争先恐后地往父亲的伤口处爬去，像饥渴已久的人，遇到了一眼泉水，张口就喝。

他几乎能听到鸭舌帽蜘蛛的吮吸声，再后来是牛饮声，咕咚咕咚，咕咚咕咚。鸭舌帽蜘蛛的屁股慢慢鼓胀，然后鸭舌帽就一一变形了，变成了一只只蜘蛛豆子，先后从父亲的脚背上滚落了下来，成了一颗颗散落在地的蜘蛛豆子。

母亲的脸都被吓白了。

他在心里哭了起来，这些鸭舌帽蜘蛛真是替他而死呢。

那个秋天，大鸭舌帽蜘蛛几乎都被他捕尽了。

它们爬到父亲的脚背上，再变成了死掉的蜘蛛豆子。

鸭舌帽蜘蛛的吸毒作用比半枝莲和铺地草效果好得太多。

父亲能下田劳动了。虽然阴雨天还有点疼，也已经不算什么了。

捉走了鸭舌帽蜘蛛的蜘蛛网就这样遗留在各个角落。没人打理的蜘蛛网像是没人打理的房子。

蜘蛛网被风一吹就散。

后来蜘蛛网被他忘记了。

但有张在桑树与草垛之间的八卦图蛛网还是留下来了。

这是他在一个有雾的早晨发现的，无数个露珠粘在了蜘蛛

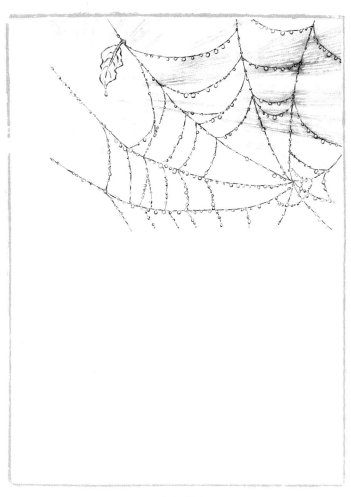

蜘蛛与孝子 　　　　　　　　　（邵展图 绘）

小虫子

网上。

在渐渐升起的晨阳下，那些染过夜色的露珠们像一只只透明的虫子。

如果不看到因为他捕捉和鸭舌帽蜘蛛挣扎留下的中间的大窟窿，那真是一张好看极了的蜘蛛网。

但因为那窟窿，那成了一张蜘蛛网"苦脸"。

金龟子的奇迹

这句话也可以用在他身上呢。

虫子的颜色就是黄昏的颜色。

这是他当初对于颜色和饥饿感固执的认定。

有时候黄昏像灰头灰脸的蝼蛄。因为饥饿来袭，他必须再忍一段时间才能接受夜晚和一碗稀饭的降临。

有时候黄昏就像闪闪发亮的金龟子，那是金龟子带来的快乐。

他忘记了饥饿。

偏偏黑金龟子、铜绿金龟子，还有茶色金龟子们，喜欢在黄昏里出来。

漂亮的、笨笨的金龟子，根本还不像爬到很高的树枝上的天牛和知了。它们好像有自我牺牲的意思，故意待在矮树丛中，等着他和小伙伴来捉它们，玩弄它们。

把金龟子翻过身来，放一片纸在它的爪子上，金龟子们是

小虫子

天生的蹭缸杂技演员。

院子里的榆树有个大节疤，这是一阵紫雷劈出来的节疤，节疤处渗出了许多胶状分泌物。

那可是金龟子们的最爱。

在黄昏的光线下，团聚在榆树节疤处的金龟子们，像开出了一大朵奇异的七彩花。

他根本不想欣赏这朵七彩花，他会很粗暴地把金龟子们撸到手里，塞到口袋里。

金龟子们会装死。

即使走很远的路，口袋里的金龟子也会一动不动。

每次走到小伙伴们中间，他像一个自信的快乐的大富翁。

有时候，直接用好几根细线系住金龟子的脚，另一头抓在手中，几团七彩的亮点就在他脑袋处耳朵边上下浮动。

他是一个专门在黄昏时分下凡的神仙。

有时候，用两根细线搓成一根绳子，绳子的末端各系一只金龟子。

两只金龟子开始比赛追逐绕圈，他跟着它们转圈。

他真的是黄昏时分转圈的下凡神仙了。

有时候，劈开半根芦苇，芦苇片插在金龟子背上的小盾片上，芦苇片的另一段插到芦苇段的中间部位。

两只手心空虚，芦苇段两端空握在手中。

金龟子不停地翻飞。

他是手握袖珍七彩小风车的下凡神仙。

有时候，线的两头系上金龟子和天牛，金龟子和天牛都在手中飞舞，一左一右的金龟子和天牛如左护法、右护法了。

他更像黄昏里下凡的神仙。

做神仙的事，其实不是多见的。

因为他们家猪圈里的黑耳朵"猪八戒"又在叫喊了。

黄昏降临，饥饿奔袭。

黑耳朵"猪八戒"的叫喊声实在太大了，它饿了。

他也饿了。

他不再是下凡的神仙了，他和黑耳朵"猪八戒"一样，在渐渐降临的暮色中，一起现出了饿死鬼的原形。

每年十月，他们家的老"猪八戒"出圈之后，猪圈就空下来了。

空下来的猪圈像是他家豁掉的牙齿。

每次家里多了一点泔水的时候，母亲总是要唠叨起早已进

小虫子

了别人"五脏庙"的老"猪八戒"。

到了过年前，母亲第一个想起来的还是猪圈。

他们家谁也不识字，春联都是由他去买一张红纸，送给六指爷写。母亲叮嘱他，别忘了，给鸡窝和猪圈也带张小春联。

六指爷家的桌子上红纸很多，这意味着请六指爷写春联的人很多。

写春联的六指爷和平时的六指爷完全不一样了，六个指头的右手握住的毛笔很稳，好看的黑字一一出现在红红的纸上。

六指爷像是换了一个人。

六指爷主动把他家的春联提到人家前面来写了。

大门的红春联他不认识，六指爷说了一遍，他也没记得。但他知道鸡窝上和猪圈上的几个字。

鸡窝上的小红春联上面有四个黑字："鸡生大蛋"。

猪圈上的小红春联上面也有四个黑字："猪养八担"。

大门的春联照例是父亲来贴。

鸡窝和猪圈的春联由他来贴。

鸡窝的小春联好贴。

猪圈的小春联则需要他爬到猪圈里，方方正正地贴到猪棚的土墙上。

猪圈是空的，新的"猪八戒"必须要开春才能去市集上逮回来。上一头的"猪八戒"是白毛"猪八戒"，养了一年，出圈卖掉了，才二百多斤。根本不像上上个黑毛"猪八戒"，上上个黑毛"猪八戒"养到了三百斤呢。

母亲说他去年在猪圈贴的春联有点歪。

还有，白毛"猪八戒"挑食，总是千方百计想逃跑。

不好好吃饭不好好睡觉，"猪八戒"的猪膘是养不起来的。

过了正月，母亲就着手去捉小"猪八戒"了。

说好了答应他一起去赶集，到了那天，母亲还是把他丢下了。母亲是和父亲一起去捉的。

这是没有大人在家的一天呢。

他的任务是父亲母亲回来之前，把晚饭烧好。

猪食必须等母亲回来烧。

这是小"猪八戒"到他们家的第一顿呢。

听到苗猪叫的时候，他头脑中想到了白"猪八戒"，也想到了黑"猪八戒"，但没想到是黑耳朵"猪八戒"。一只耳朵是黑的，仿佛是它去看六指爷写春联的时候，一只耳朵浸到了黑墨水后搞出来的。

猪圈里是他今天特地铺好的新稻草。

他见到它的时候，这家伙正在埋头吃食。这是它来他们家

287

的第一顿猪食，母亲煮的时候，特别掺了一点碎米。

母亲跟它颠三倒四的说了好多话，其实就是两个事：

好好吃。好好睡。

好好睡。好好吃。

吃食的过程中，黑耳朵"猪八戒"的耳朵一直耷拉着，可怜的小尾巴抖动不停。

他不知道这家伙闲下来的时候，会不会读一读土墙上的红春联。

"一担"是一百斤。

猪养八担："八担"就是八百斤。

不到一年的时间，它要从十六斤长到八百斤。

离八百斤还早着呢。

过了半个月，黑耳朵"猪八戒"的耳朵开始活泼起来，小尾巴也骄傲地翘了起来，像正在探路的粗壮的丝瓜藤蔓的顶端。

黑耳朵"猪八戒"实在太能吃了。

能吃的标志就是快：吃得快，屙得快，饿得快。

黑耳朵"猪八戒"快起来，时间就相对慢了下来。

早饭和中饭之间的时间变漫长了。

时间不是在走动呢，而是像小脚奶奶那样在挪动呢。

在早饭后的第一泡尿之后，前往中饭的时间脚步就像被什么东西捆住了，不再向中饭的方向挪动了。即使有了一点点动静，那也是他们家"猪八戒"开始喊饿的声音。开始是在哼叫，后来是叫唤，再后来因为见不到人，再变成哼叫。这哼叫不似一开始的哼叫了，而是躺在猪圈里，完全无奈的哼叫。

黑耳朵"猪八戒"把母亲的话听进去了：好好吃。

比起早饭和中饭之间的漫长，更漫长的应该是它的中饭和晚饭之间的漫长。下午时间的脚步走得更慢，饥饿感像暴躁的老虎在黑耳朵"猪八戒"的肚子里横冲直撞。村庄寂静，黑耳朵"猪八戒"的叫声里全有愤懑，有抗议。离母亲拎着猪食走近猪圈的时间还早着呢。

因为它的乱叫，黑耳朵"猪八戒"挨了不少揍。

"畜生，人还没吃呢！"

母亲手中的猪勺子是铁的，他也熟悉这只铁勺子。这是母亲的武器。

黑耳朵"猪八戒"一点也不记仇，更不挑食。即使母亲刚打完，对于母亲拎过来的猪食，它依旧表现得一点也不掺假的兴高采烈。

畜生和人一样，有的畜生很笨，要动手教训的。

有些畜生很聪明，又很上进，那就不要动棍动棒了。

这是老穷叔找上门来的特别告诫。

他是上门来替黑耳朵"猪八戒"打抱不平的，估计他发现了黑耳朵"猪八戒"头上淤了血的伤痕。

母亲没答话。

老穷叔似乎铁定要管这个闲事，坐在他家的凳子上，继续为了黑耳朵"猪八戒"跟他和他母亲还有他父亲开会：

这头"猪八戒"不一般呢，能长到五百斤呢。

（五百斤，就是五担呢。）

"这头猪如果长不到五百斤，我来赔。"

老穷叔真的喜欢这头黑耳朵的"猪八戒"，他说出了他喜欢这头黑耳朵猪八戒的五大理由。

第一，这家伙肚子大，还是三角形的肚子，吃得多，消化快。

第二，这家伙全身红润有油，富贵相。

第三，这家伙的鼻孔是喇叭形，不是向外大开形状，不舔食槽，不贪槽。

第四，这家伙的嘴巴是圆筒形，嘴丫长，下巴像大厚勺子，吃得干净，不浪费。

第五，这家伙爱干净，从来不把屎尿带到猪食槽里。

天啦，不舔食槽也算是优点呢。有次他没有舔粥碗，却被母亲狠狠批评了一通，直接说他是败家子。

"只要对得起它，它自然对得起你。"

这是老穷叔去牛屋前丢给母亲的一句忠告。

不知道黑耳朵"猪八戒"喜欢不喜欢这句话，反正他很喜欢这句话。

这句话也可以用在他身上呢。

本来父亲只管一件事 —— 出猪灰。出猪灰的事，是与猪的成长速度有关的。如果猪吃得多，长得快，猪灰就多。如果猪长得慢，猪灰就少，那出猪灰的速度就慢很多。

因为老穷叔的一个临时会议，父亲也加入了管理黑耳朵"猪八戒"的事情上。五百斤的肥猪目标，还是非常令人鼓舞的。

养猪需要三种饲料：青饲料，粗饲料，精饲料。

青饲料的任务基本上在他的身上。只要黑耳朵"猪八戒"肯吃，他每天的任务又多了两草篓的猪草。

上午一草篓，下午一草篓。

沉甸甸的比他全身还重的猪草，不完全是因为母亲许诺的白底蓝条的海魂衫。

粗饲料是包在母亲身上的。大部分的饲料的米糠和草糠的

混合，加上每天的泔水，再加上洗锅水什么的，放在大锅里煮熟了，就当成黑耳朵"猪八戒"的饭了。

精饲料就难了，一是需要钱，二是有了钱也需要门路。

父亲特别托了货郎老李，帮忙去县城的榨油厂搞点油菜饼回来。在所有的饲料中，油菜饼是最养猪膘的。

老穷叔似乎很喜欢黑耳朵"猪八戒"，隔三差五从牛屋过来看它，还顺带几颗牛屋里扫出来的黄豆。

六指爷建议老穷叔干脆认这个黑耳朵"猪八戒"做干儿子得了。

老穷叔不在乎六指爷的嘲笑，继续分析说黑耳朵"猪八戒"吃得还不够，如果放开来让它吃，个子还要高。

精饲料没有任何消息。

粗饲料是定量的。

青饲料管够，但谁愿意每顿只吃野草呢？

"都是饿死鬼投的胎，猪八戒和猪九戒，已把家吃穷了。"

母亲这话是有问题的。

家里原来就穷，又不是因为黑耳朵"猪八戒"，更不是因为他这个"猪九戒"。

穷是藏不起来的。

饥饿也是藏不起来的。

晌午时，猪圈里依旧有对中饭的尖声喊叫。还有比晌午的喊叫更急迫的，是下午黄昏里猪圈里传出来的对于晚饭的喊叫。

黑耳朵"猪八戒"在喊饿。

是穷在喊饿。也是饥饿在喊饿呢。

黑耳朵"猪八戒"的喊叫喊来了人。

准确地说，它为自己喊来了许多生人。

生人并不是外庄人，也是本庄人。"生人"是相对于六指爷和老穷叔这样的熟人来说的。按理，这些"生人"无论如何，他们都不会走到黑耳朵"猪八戒"所在的猪圈的。但几乎每天都有生人来看黑耳朵"猪八戒"，还对黑耳朵"猪八戒"指指点点。

母亲以为是这些"生人"们和老穷叔一样不怕猪屎臭，还像老穷叔一样喜欢黑耳朵"猪八戒"呢。

"好好吃。"

"好好睡。"

这是母亲说得最多的两个词。

后来母亲觉得"观众"们对这两个词不感兴趣，怀疑老穷

小虫子

叔吹了牛。

不可能长到五百斤的。

想不到那么老实的老穷叔还会吹牛。

每天来参观的"生人"太多了，母亲每天晚上和他一起摸黑，把猪圈打扫了一遍，猪食槽干净得可以做他的饭碗了。

围看黑耳朵"猪八戒"的人越来越多。母亲意识到了不对劲，问他为什么。他又不知道为什么。看黑耳朵"猪八戒"的人多了许多陌生人，大部分是老奶奶带着小孩，老老少少的，有成群结队的味道了。

邻庄的！

邻庄的人来看黑耳朵"猪八戒"的！

黑耳朵"猪八戒"是寂寞乡村里的"明星"。

乡村实在太寂寞了。有一年，老穷叔家的泥地面裂出了一条缝，就引来了看热闹的人。说什么的都有。现在，换成了黑耳朵"猪八戒"。

一只黑耳朵"猪八戒"有什么稀奇的呢？

还是气急败坏的父亲回家说出了黑耳朵"猪八戒"成为明星的原因。他也不知道是什么原因，大家缠着他，让快要"发大财"的他大摆宴席请客。

发大财的人，在人群中本身就是被孤立成"小气鬼"。

父亲越是解释，就越是虚假。

要面子的父亲受够了被别人冷嘲热讽的窝囊气。

还有，让他请发大财客的理由竟然是：

他们家连养的猪都屙金子呢！

后来，父亲真的请了客，当然只有六指爷和老穷叔。

父亲把黑耳朵"猪八戒"屙金子的笑话记了一遍。

总是闷头在牛屋的老穷叔还不知道父亲在讲笑话，本来有点口吃的人，竟然口若悬河，说是他率先发现了这头猪的不平凡，还让不要打这个黑耳朵。

六指爷把嘴里的黄豆都喷了出来。

"猪不屙猪屎还能屙什么？"

老穷叔被六指爷的问题问住了。

猪不屙屎还能屙什么？

难道真的能屙金子屙银子？

父亲把"屙金子"的前前后后讲了一遍，老穷叔这才明白过来，拎着他的招风耳，狠狠地刮了一下他的鼻子。

在老穷叔的小惩罚之前，他已得到了母亲的大惩罚：跪搓衣板。

虽然他做这个事她是知道的，但她还是认为他应该担负下

这件让她"丢了面子"的过错。

黑耳朵"猪八戒"屙金子的事还要追溯到"蚂蚱粥"。

发明"蚂蚱粥"的前提是货郎老李答应的给黑耳朵"猪八戒"加的精饲料总是没有消息。他向母亲提议，不如给黑耳朵"猪八戒"加点"蚂蚱粥"——他发现了他给黑耳朵"猪八戒"吃草的时候，它喜欢先把有虫子的草率先吃掉。反正每天他拍打到的蚂蚱太多了，除了供应生大蛋的老芦、喝酒的父亲，还可以供应黑耳朵"猪八戒"。

黑耳朵"猪八戒"果真喜欢"蚂蚱粥"。

后来就有了金龟子粥。

相比于"蚂蚱粥"，黑耳朵"猪八戒"更喜欢金龟子粥。

那些"金子"哪里是"金子"，全是黑耳朵"猪八戒"消化不了的金龟子的翅膀呢。

黄昏里还是有那么多的金龟子在晃人的眼。

为了眼不见为净，他早就用泥巴把榆树的大节疤处涂得严严实实。

转移了战场的金龟子简直无法无天，它们竟然合伙吃掉了母亲种下的葱花。

待母亲闻讯赶到葱地前，有几十只金龟子还在葱花上开会。

母亲让他到家里扛来一把大竹扫帚，对这葱花上的金龟子们一顿猛扑，葱花秆烂掉了，金龟子们全碎掉了，遍地的碎金子。

他很希望母亲能用那竹扫帚也狠狠揍他，又把他揍碎。

他已成了大笑话。

他们家已成了大笑话。

他们家又多了一个名字："猪屙金子的那个人家"。

他甚至都不敢跟小伙伴斗嘴呢，只要一斗嘴，人家立即祭出大武器：

"你家多跩啊，连猪都屙金子呢。"

他不想跟那些小伙伴玩了。

捉蚂蚱没有意思。爬树也没有什么意思。黑耳朵"猪八戒"变邋遢了。睡觉打呼噜了。吃完饭也舔食槽了。母亲给什么，它吃什么。不知道是饱还是饿。后来，停止了晌午的喊叫声，黄昏里的喊叫声也弱了下去了，甚至比不过六指奶奶的大公鸡了。

现在它只剩下"好好睡"了。

它也被母亲手中的铁勺子打傻掉了。

黑耳朵"猪八戒"越来越傻。

老穷叔也承认看走了眼，他最不喜欢把屎和尿弄到食槽里

297

的畜生。

黑耳朵"猪八戒"不仅把屎和尿弄到了食槽里，还把屎和尿滚得全身都是，已看不出它的一只耳朵是黑耳朵了。

过了十月，稻子收完，有了新米糠，喂了一阵。

黑耳朵"猪八戒"的膘依旧上不来。

黑耳朵"猪八戒"出圈的那天早晨，母亲起得很早，给黑耳朵"猪八戒"烧了一顿掺了一半新碎米的猪食。出盆的时候，他看到母亲在里面撒了一把盐。

母亲跟黑耳朵"猪八戒"说了很多话，像是给客人劝饭似的。

黑耳朵"猪八戒"很给母亲面子，把满满一食槽的早饭吃掉了。

吃完了早饭的黑耳朵"猪八戒"又睡觉了，它现在像是睡不够的瞌睡虫。母亲怎么叫唤它也不肯起身，根本不顾刚才的面子。

母亲让他哄黑耳朵"猪八戒"，他没回话。父亲和母亲不同意他一起去，跟着一起去的是六指爷和老穷叔。

后来父亲发硬话了。

他赶紧起身，去鸡窝找了几只老芦吃残下的蚂蚱，放在手

金龟子的奇迹 （邵展图 绘）

小·虫子

上，一点点把黑耳朵"猪八戒"劝站起来，又上了老穷叔撑的船上了。

"骨头就是贱。"

这是母亲的话。

"人和人好，鬼和鬼好，畜生就和畜生好。"

这是六指爷的话。

他没有听他们继续说话，没等船走开，他就逃得远远的。

他的身后是一个空空荡荡的猪圈。

后来还是有故事的。

这故事是当天晚上父亲和六指爷他们喝庆祝卖猪酒的时候讲出来的。

黑耳朵"猪八戒"终究还是反抗了，在快到水食站的时候，黑耳朵"猪八戒"跳到了河里。要不是老穷叔水性大，也跟着跳到水里，再加上六指爷帮忙，一起把黑耳朵"猪八戒"赶上了船，黑耳朵"猪八戒"就真的游到东海龙王那里了。

父亲特别敬了老穷叔一杯酒。黑耳朵"猪八戒"一边在逃跑一边在水里屙屎。是真的猪屎，没有一点点金子。

老穷叔是在混合了猪屎的水中劈波斩浪，赶上了天生会游泳的黑耳朵"猪八戒"。

这一折腾，少了五斤猪肉的钱。

可能黑耳朵"猪八戒"从船上跳到水里，是听到了水食站已经收购了的猪警告的喊叫了。

后来他又觉得，黑耳朵"猪八戒"之所以从船上跳到水里，是因为它渴了，他看到了母亲给他的早饭里加了很多盐。

再后来，他又觉得黑耳朵"猪八戒"之所以从船上跳到水里，是因为它觉得自己太脏了，它要洗干净了再进人家水食站的。

……在梦里，他在水里拼命地赶着黑耳朵"猪八戒"，也追赶那件白底蓝条的海魂衫。他不能让它们沉到水底啊。

有无数片金龟子的碎翅膀在水面上，一起一伏，一闪一耀。

螳螂与狗叫

他不再是那个随便提出自己期望的小屁孩了。

螳螂能和狗有什么关系呢？

黄雀是吃螳螂的，老芦也吃螳螂的，但狗无论怎么饿，它也是不吃螳螂的。

这要从"后来"说起。

后来，他没有养成狗。

后来，他就把螳螂当成狗养了。

要说"后来"，还要提起很久以前。

在很久以前的前一年生日，母亲答应他，到了明年过生日，就允许他养一条狗。

母亲的话是金口玉言呢。

在这一年中，他几乎摸清了全村的狗情，每次想到有一条小狗跟在他身后摇头摆尾的样子，他就幸福得不得了。

这一年，他从来没有跟母亲顶过嘴，也没有消极怠工过，他都是为未来的狗兄弟而努力呢。到了离"很久以前"的最近的生日前，他已和三个有狗妈妈的人家订了口头合同了。

真正到了离"很久以前"的最近的生日了，他跟母亲说起了养狗的事。

母亲似乎得了选择性失忆，她竟然忘记了去年的诺言。

他反复提醒去年的那天，他坐在什么地方，母亲坐在什么地方，母亲说话时面对大门的方向，母亲说完了，榆树上正好传来了三声喜鹊的叫声。

母亲肯定回忆起了喜鹊的叫声，不再否定她去年的诺言，但对于他去抱养小狗回来，还是没有松口。

他猜测是抱回来的小狗要吃饭的问题。

于是他立即许诺他少吃一半，余下的一半给狗吃。

他边说边哭。

母亲答应说等晚上父亲回家定。

还是"很久以前"的那个下午，破涕为笑的他，心事重重的他，在不停扫地中度过了一个特别漫长的下午和一个忐忑不

303

小虫子

安的晚上。

要不是母亲怕扫帚被扫秃了，他会不停地从门外扫到门内。

父亲喜欢地上没有一摊鸡屎，没有一根草丝，没有一片树叶。

很晚才回家的父亲根本就没看到扫得无比干净的地面，但父亲还是很有耐心地听了他讲述准备养狗的要求。

父亲提了一个要求。

"先给我学几声狗叫听听。"

他愣住了，没有听错。

"汪、汪、汪。"

"汪！汪！汪！"

"汪汪汪！"

父亲笑着摇了摇头。

他也觉得不像，自己的模拟狗叫太单薄了，嗓音飘忽，躲闪胆怯。

父亲问他要不要听他学狗叫？

还没等他回答，父亲就拉住母亲，让母亲做裁判，看父子两人比赛学狗叫，听谁学得像。

母亲笑起来，父亲也笑起来。

他低下头去，他知道自己不能养狗了。

父亲没有放弃比赛。

父亲的狗叫声在深夜里传得很远。

村庄里的狗听到了，也跟着叫了起来。

在此起彼伏的狗叫声中，他承认自己失败了。

父亲学的狗叫的确比他更像，简直就像真的狗叫一样。

要不是母亲忍不住笑了起来，父亲的狗叫声肯定会把全世界的狗唤醒的。

后来，他就养螳螂了。

螳螂不会叫。

他也不会乱叫。

母亲是知道他养螳螂的。父亲也知道他养螳螂的。

学狗叫的那个夜晚之后，他有很长时间没有和父亲说话。他不再是那个随便提出自己期望的小屁孩了。在这个人也吃不饱的穷家里，说出什么愿望都等于欠揍。

他把最大的紫螳螂叫做螳螂元帅，其它的绿螳螂叫做螳螂将军，他的旧蚊帐叫做元帅帐。螳螂元帅有两把紫色的大妖刀。螳螂将军也有两把绿色的大妖刀。

元帅和将军们每天都在磨刀霍霍，每把妖刀都寒光闪闪。

冲锋陷阵，所向无敌。

它们没有任何声音，也不需要出门觅食。

他是元帅府的总管家。

除了送上门来的蚊子们，他每天都会去捉活肥嫩的蜻蜓和小蚂蚱放进蚊帐里，让螳螂元帅和螳螂将军们试刀。

螳螂元帅总是第一个试刀。

它会把两只带有锯齿的妖刀张开，做出袭击的预备动作，在闪电般的攻击中把食物砍中。

螳螂元帅一边吃肉，那有复眼的三角脑袋还一边摇晃，无限得意，无限享受。

螳螂元帅还用蜻蜓的翅膀剔牙呢：舔自己的妖刀。

紫闪电。

绿闪电。

绿闪电。

紫闪电。

母亲喂猪，他喂螳螂。

他已快把养狗的愿望给忘记了。

一个人要长大，就要学会寂寞中的自我补偿。

还是"很久以前"的事，他真的快把养狗的愿望给忘记了，吃过晚饭的父亲突然向他提起挑战，竟还是比赛狗叫的事。

无数条狗顿时窜了出来，他的头脑中全是狗的乱咬乱叫。

大人说话有几层意思，小孩说话只有一层意思。如果猜错了意思，还不过是笑料而已。

母亲打破了尴尬，说他不养狗了，开始养螳螂了。

他紧张极了，以为父亲会因为他养螳螂而生气。

父亲把头伸了过来，指着自己的脖子，看看，看看！

父亲的脖子皮肤的纹路里有多出来的肉丝，这肉丝叫瘊子。

"养兵千日，用兵一时。人家都说螳螂吃瘊子，做个试验，看你的螳螂吃不吃瘊子？"

父亲的话像是扔了无数根肉骨头。

乱叫乱咬的狗后来安静了下来。

都啃到了肉骨头呢，呜呜呜，汪汪汪。呜呜呜。汪汪汪。无论什么条件都会答应的，有什么条件不能答应呢？就是立即把他的紫螳螂元帅油炸了给父亲下酒吃，他也是心甘情愿的。

绿螳螂将军直接没给面子。后来，他抓起紫螳螂元帅的头按到父亲的瘊子上，紫元帅螳螂给了点面子，咬了一小口，再也不吃了。

喂饱了的它们根本对父亲的瘊子不感兴趣。

父亲的喉咙里还是发出了一声狗叫。

要不是父亲提议明天等它们饿了再试，他会把紫螳螂元帅

307

和绿螳螂将军全部扔给老芦吃。老芦惦记元帅帐篷里的几只肥螳螂好久了。

他在元帅帐篷里跟紫螳螂元帅和绿螳螂将军做了半夜的思想工作。

说来说去，还是重复了父亲说过的话：

"养兵千日，用兵一时。"

很久以前的一个黄昏，准确地说，紫螳螂元帅和绿螳螂将军都快饿了整整一天了。

他对于晚上给父亲的瘊子做科学实验已经胸有成竹了。

谁能想到呢，村里的狗又叫了起来，接着有许多狗叫了起来，很多脚步声在巷子上来回涌动。

他赶紧蹿了出去，人流是往六指爷家过去的。

看热闹的人，还有用担子挑砖头的人。看热闹的人是熟悉的，挑砖头的人是陌生的。砖头哐当哐当响。装满了砖头的担子是挑向河边大船上的。没有见到六指爷，也没见到六指奶奶。

砖头堆下面窜出了许多平常见不到的虫子。挑担子的陌生人在吆喝，在咒骂。捉虫子的小孩子根本不怕咒骂。

都在抢虫子。

那些难得的大蛐蛐。"黑和尚"。"红和尚"。"宰相和尚"。

螳螂与狗叫 　　　　　　（邵展图 绘）

犟头蛐蛐。胆小鬼蛐蛐。胳膊长的千足虫。鸡毛掸样的钱串子。还有扁担长的金蜈蚣。

他没有成为去捉砖头下宝贵虫子的人，而是悄悄地回到家中。

父亲和母亲都没有回家，他们都在六指爷家呢。

再后来，饥饿了一天的紫螳螂元帅和绿螳螂将军都把他的手指给砍伤了。

他自愿把手指喂给紫螳螂元帅和绿螳螂将军的。

紫螳螂元帅和绿螳螂将军的妖刀太厉害了，伤口很疼。

黑夜空荡荡的，他捂着他的手，没有人知道他的疼痛。

他的喉咙里全是狗叫声。

后来，再后来的故事，就是传说了。

传说的速度比风还快。一粒芝麻从村东刮到村西就变成大西瓜了，就像当初大家传说他们家的猪厩金子呢。

有人说他用螳螂去咬六指爷手上的瘊子，那螳螂把六指爷的手砍伤了。

再后来的传说就不是螳螂了，而是说他像狗一样，忍受不了六指爷跟他开玩笑，他张口就咬，结果把六指爷的手咬伤了。

有人还说他天生就是忘恩负义的人，当初如果不是六指奶奶，他就送给人家去了。

他从来没有否认他咬伤了六指爷的手的事。

那段时间，他的确准备做狗呢。

证据是：他一直在练习狗叫，白天在练习，晚上也在练习。

"汪、汪、汪。"

"汪！汪！汪！"

"汪汪汪！"

母亲觉得他叫得很像了，父亲也觉得很像了。

他觉得一点也不像，他还要继续坚持练习的，总有一天，他会练习出惟妙惟肖的狗叫。

蚕宝宝批斗会

他有了做母亲做父亲的那种感觉。

蚕宝宝是母亲的叫法。

蚕宝宝也是虫子。长得和袋蛾差不多,也和袋蛾一样会吐丝结茧的虫子。

母亲从来不允许他叫它们是虫子,而应该叫它们"蚕宝宝"。母亲说,如果叫它们虫子的话,它们会不高兴的。不高兴的后果,就赌气不肯吐丝了呢。

他很熟悉母亲说这种话的口气。

这就是用"甜话"哄小孩呢。

他也不叫它们是虫子,也不跟着母亲叫它们是"蚕宝宝"。

他心里早就有属于他的叫法: 宝宝。

"宝宝"这个词,只属于他呢。

"脸皮真厚呢，宝宝长，宝宝短，好像你真有宝宝了。"

无论母亲怎么嘲笑他，他也没改口，依旧是"宝宝""宝宝"地叫。

他不是说"甜话"呢。

"宝宝"就的确是他的"宝宝"。它们怎能不是他的"宝宝"呢？根本就不用怀疑，他就是这些"宝宝"们的母亲，他就是这些"宝宝"们的父亲。

刚刚来到他家的宝宝们不像是宝宝，而像一群小小的"芝麻点"，密密麻麻地粘在半张蚕纸上。

"芝麻点"们一动不动。

母亲给他做了个示范。含一口水，等会，让水有温度了，再均匀喷在有"芝麻点"的身上，把睡觉的小宝宝们"唤"醒。

他太紧张了，还没来得及喷到"芝麻点"的身上，竟把含在嘴巴里的水咽下去了。

第二口水喷到了"芝麻点"的身上了。

母亲看了看，喷得还算均匀；可以了。

他看了又看，母亲说蚕宝宝不会这么快醒过来，要放在有太阳的地方晒三天呢。

小·虫子

他很担心因为自己粗手粗脚，"唤"得不均匀，有些"宝宝"被大水淹死了。

这可是他在这个春天的"责任田"呢。

为了防止他呆看，母亲逼着他去把两张竹筛拿到河边刷干净，说这可是蚕宝宝们要睡的床呢。

旧竹筛被他刷得像新竹筛一样。

想不到母亲又指着墙角一张大圆柳匾，让他顶着去河边刷干净。

比桌子还大的圆柳匾可比竹筛难刷多了。他不觉得难刷。

实在太神奇了，那么小小的蚕纸，上面的"宝宝"能睡这么大的床？两张竹筛和一张圆柳匾加起来，比他睡的床还大呢！

洗竹筛和圆柳匾让他洗得全身湿透，母亲担心他受寒，命令他又在太阳下晒晒。

清明节前的春风是暖和和的，阳光也是暖和和的。

和未醒过来的"宝宝"们一起在阳光下晒，他也想打瞌睡了，但又不敢睡过去。

万一在他打瞌睡的时候，那些宝宝醒过来了呢。

母亲说没有这么快。

万一呢。

在半睡半醒之间，他梦见了白花花的"宝宝"们爬满了院子里的竹筛和圆柳匾。

蚕纸是在第三天早上有变化的。

有一小部分，隐隐的黑芝麻样的东西出现在蚕纸上：蚕纸上有"霉"斑了！

他惊叫起来，把正准备喂猪的母亲吓了一跳。

哪里是长"霉"斑了，这是蚕宝宝"醒"了。

无论怎么看，也不像是蚕宝宝啊。

它们太像黑丝线头了。不仅像黑丝线头，还像蠕动的小蚂蚁。一点也不是想象中的白白胖胖的蚕宝宝。

"你生下来，比它们还丑呢。"

无论多么丑，也还是他的"宝宝"呢。

"醒"过来的宝宝似乎也认定了他，一律朝着他这个方向蠕动，像是都要挤到他的目光里争宠呢。

"蚕宝宝饿了！"

母亲的话他既惊恐又惊喜。惊恐的是，这么小的"宝宝"，它们的嘴巴在哪里呢？惊喜的是，这么小的"宝宝"竟然懂得

要吃了。

他赶紧找到一棵桑树，连摘了几个桑叶枝头的细叶芯。再跑到"宝宝"们面前，一点一点撕碎。

母亲说这是蚕宝宝们的口粮。

嫩桑叶口粮被他撕得很细，他生怕把这些刚出世的"宝宝"们噎着了。

"蚕宝宝和你当初一个样呢。"

母亲似乎很感慨，说了他刚刚生下来的许多说不上嘴的丑事。

他一点也不想听，也听不进去。

"这样的吃法要把我们家吃穷了呢。"

这句话他听进去了。

他拍着胸脯让母亲放心：放心，有他这个爬树高手呢。

他说前半句话时很响亮，后半句是压低了嗓门说的。

他生怕把那些正在吃桑叶的"宝宝"们吓着了。

"宝宝"们吃得并不快，"宝宝"们的牙齿可能还没长全呢。真的吃不穷的。

"宝宝"的胃口实在是好，吃，吃，吃……

都吃了一天了，他站在竹筛边也看了一天。

到了晚上，"宝宝"们还没有睡觉的意思。

天啦，难道"宝宝"们想不到睡觉吗？

母亲说蚕宝宝会睡觉的，只不过还没到吃饱的时候。

第二天，"黑丝线"们变粗了些，有点像小黑蚂蚁了，只是缺少了小黑蚂蚁的黑亮。

第四天早上出来的，那些"小黑蚂蚁"们一动不动了。

他的魂都吓掉了：肯定是采摘到了打了农药的桑叶！

把他的"宝宝"们全毒死了！

还是母亲有经验，说这叫"打眠"：蚕宝宝吃饱了，要睡觉了，睡完觉就会蜕皮换衣服了！

他吓掉的魂又慢慢回到了他的身上。

后来每次采摘桑叶的时候，他怕桑叶被人家打了农药，他都要先嚼下去一片叶子的。

桑叶的味道有一点点清香，也有一点点苦涩。

他和他的"宝宝"们吃的都是一样呢。

"宝宝"们再次蠕动起来，不再是"黑丝线"了，蜕去了黑色的皮，变白了，变胖了，有些像胖娃娃的样子了。

胖娃娃的胃口又大了起来。

"宝宝"们大了，就得分家。

是母亲和他一起分家的。

母亲和他一起把"宝宝们"分放到早准备好的竹筛中，口粮当然也是分放的。

"宝宝"们以更好的胃口表达了它们对新家的喜爱。

又鲜又嫩的口粮消失得很快。

母亲喜欢看蚕宝宝吃桑叶口粮的样子。

"活像老害吃饭的样子，都是狼吞虎咽的，都生怕别人抢去呢。"

他的胃口也跟着"宝宝"们一起大了起来。

每次吃完第一碗之后，他都有想去锅里盛第二碗的冲动。

但他没去盛饭，母亲吃得比他还要少呢。

放下饭碗的他得赶紧继续去找桑树。

村里不止一个人家在养蚕，每只蚕宝宝都要吃桑叶，但他采摘的桑叶无疑是最多的。他知道整个庄前庄后的每棵桑树分布地图，当然也知道哪棵桑葚最甜，哪棵树上的桑叶好吃。

"宝宝"们也喜欢他采摘的桑叶，吃，吃，吃……

沙沙沙的声音，像在下小雨，又不像在下小雨。

他喜欢这沙沙沙的声音。

后来，他实在太困了，拣了一张最大的桑叶盖在那些"宝宝"们的身上。

到了早上，"宝宝"们把桑叶被子给吃掉了。

他去采桑叶的积极性更高了，每天都旋风般拎着蛇皮口袋出门，然后再旋风般回来。回来的时候，蛇皮口袋里全是"宝宝"们的桑叶口粮，还有他特地去更高的地方采摘的最大两枚桑叶。这是"宝宝"们每天的桑叶被子。

每天早上，毫无例外，桑叶被子都被"宝宝"们吃掉了。

"宝宝"们每天一个样，添加桑叶的次数越来越多。他必须每天出去采摘两次桑叶。

每天负责给"宝宝们"清理蚕砂的母亲说，蚕宝宝的头又昂起来了，一旦它们的头昂起来，就是要"打眠"换衣服了。

蚕宝宝每"打眠"一次，就代表长了一岁。

四五天就一岁。

又四五天一岁……

他掰起指头算了算，按照这个速度，到了过年，"宝宝"们就不再是他的"宝宝"了，会比他大许多岁，比父亲和母亲的岁数还要大呢。

第三次"打眠"之后，"宝宝"们的口粮慢慢紧张起来。

小虫子

　　"宝宝"们长大了，两张竹筛早已睡不下了，它们早被分家到了那张圆柳匾上了。嘴巴变多了，变大了。

　　原来是"一间房子一间灶"，现在是"三间房子三间灶"。

　　桑树长叶子的速度跟不上"宝宝"们的嘴巴了。

　　沙沙沙，沙沙沙，"宝宝"们在吃食，过去像下小雨像刮微风，现在像下暴雨像刮狂风。他的"宝宝"们要吃，其他人家的"宝宝"们也要吃。大家都在比赛爬桑树。

　　本村的桑树都快被他和那些小伙伴们撸成了光头。

　　他越走越远。

　　他现在会趁着有月亮的晚上出去弄。

　　有次回来，他的脸上多了几道新鲜的伤疤，母亲问怎么回事，他说是桑树的枝头回弹过来弄出来的伤疤。

　　很多时候，采摘回来，只是在水缸里舀上一葫芦水，咕噜咕噜喝下去，就迫不及待地把桑叶扔给"宝宝"们了。

　　他根本管不得自己肚子饿了。

　　他说看"宝宝"们吃桑叶口粮，看着看着就看饱了。

　　"宝宝"们的胃口实在太好了，桑叶丢下去，不管这是桑叶口粮还是桑叶被子。它们吃得理直气壮，吃得心安理得，一会儿，桑叶就被啃出了大缺口，再过一会儿，一片桑叶就剩下了空叶脉了。

桑叶的营养都到了"宝宝"们的肚子里了。

"宝宝"们在一伸一缩"打眠"蜕皮的时候，他特别担心"宝宝"们的力气。

对于有力气不大"蜕"不了的"宝宝"们，他会心疼半天。

"当家方知柴米贵，养儿才知报母恩。"

他有了做母亲做父亲的那种感觉。

"宝宝"们有了两寸多长的时候，父亲准备给"宝宝"们的"蚕山"了：草蜈蚣。

父亲向六指爷家借来了铡刀，从草垛上抽出去年秋天的糯米稻草。

这批糯米稻草是特地"藏"在草垛中间的，去年下了几场雪，糯米稻草还像去年那样新，那样有淡淡的糯米稻草的香味。

父亲是庄上堆草垛的高手，也是扎"草蜈蚣"的高手。

用铡刀把稻草们的头尾铡掉，留下中间一段，这将是"草蜈蚣"的爪子。

父亲大约估算了一下，编了两条长长的"草蜈蚣"。准备结茧的"宝宝"们将睡在"草蜈蚣"的很多草胳肢窝里结茧。

看着家里多出来的两条"草蜈蚣"，再看着依旧没心没肺在

小虫子

吃桑叶的"宝宝"们，他心中酸酸的。

母亲说，过不了多久，"宝宝"们就不再吃桑叶了。

那些秃了好多天的桑树们就可以好好长桑叶了。

"宝宝"们越来越胖了，一胖起来就懒，明明是那么鲜嫩的桑叶，它们尝了几口就不再吃了。

蚕宝宝真的快上"山"了！

他心里还是酸酸的。

准备上"山"的"宝宝"们是有信号的。

"马头"高高弓起，腹部颜色从白色变成黄色，然后慢慢透明起来。

母亲在两张筛子和圆柳匾里，找出头部弓起的"宝宝"们，小心地提起来，对着亮光照一下，如果腹部已完全透明了的，就把它捉到草蜈蚣的胳肢窝里。

这叫做"捉亮蚕"。

"宝宝"们几乎是同一批变"亮"的。

亮得他眼花缭乱，母亲和他手脚不停，花了两个晚上，才完成了"捉亮蚕"的工作。

他检查了一遍又一遍，"宝宝"们都安睡在草蜈蚣的胳肢窝里了。

蚕宝宝批斗会 （邵展图 绘）

夜里，他睡不着。

眼泪流一脸。

抹了一脸，又一脸。

失去了"宝宝"吃桑叶的声音，家里静得很。

父亲和母亲在轻声说话，好像是在说某人的坏话呢。

…………

"这个老三不愿意和别人说话。"

"摆脸色。脾气变怪了，不喜欢叫人。"

"采摘桑叶累了，喜欢甩脸色。"

"没养蚕宝宝的时候，脾气还没有大起来。"

"现在他的脾气大得很呢。"

"也回嘴了，喉咙特别大。"

"不能批评，会一蹦三尺高 —— 地球背面的美国人都听到了。"

"鞋子不提来走路，学做二流子，鞋子磨坏了，吃鞋子。"

"裤子屁股后面老磨出洞，吃裤子。"

"这个老三像癞蛤蟆，嘴大喉咙小。"

"看看看，你们家老三把被子都哭潮了。被子哭湿了谁洗？还费肥皂呢。"

"这么热的天裹被子，他难道也要上草蜈蚣吐丝吗？"

"他从小就喜欢裹被子睡，还不让人碰他呢。"

……………………

他把自己裹得紧紧的，任凭父亲和母亲开他的批斗会，眼泪又咕噜咕噜流了出来。

后来他睡着了，做了一个长长的梦。

在这个长长的梦里，他不停地飞，从这棵桑树的枝头，飞跃到另一棵桑树的枝头上，一直飞跃到平原的最深处。

很多虫子很多他

他眼睛里的螳螂、蜻蜓和知了都穿了乔其纱。

灶马就是小一号的蛐蛐。

只不过它们和他一样，喜欢待在灶房里。

一是有饭菜的香气。

二是暖和。

第三就不用说了，他可以在饭快熟的时候，饭还未成型，偷偷用铁铲在锅里挖个小小的带米浆的饭团，塞到嘴巴里，慢慢享用。

他一直怀疑自己被那只三角眼的灶马偷窥到了。

他一直记得那只灶马的小眼睛，和嘲笑的表情。于是他开始跟踪追击，但总是觉得捉到的灶马，并不是偷窥到自己偷饭团的那只灶马。

很多无辜的灶马就被老芦吃掉了。

那只偷看到吃饭团的灶马一直逍遥法外。

有一种烟雾虫，飘过院子上空的时候，像一团淡灰的烟雾。比蠓虫还小的烟雾虫，吹一口气，或者一声叹息就会把它们驱散。

六指奶奶说，它本来是由人的叹气声变成的。

父亲说是村西边的芦苇荡那边飘过来的。

他更相信六指奶奶的话。

母亲太喜欢叹气了，飘到他们家院子里的烟雾虫，肯定就是母亲的叹气声变成的。

有一段时间，他觉得特别委屈。

特别委屈，又无法辩解，他就哭。

母亲不喜欢他哭哭啼啼的，就说了一句狠话："河里有没有盖子呢。"

他跑到河边，河边的确没有盖子呢。

过了一会儿，他看到河面上的小水马，在水上施展轻功的水马，在水面上仿佛如履平地，像针尖一样长脚真的浮在水面上呢，一会儿走过来，一会儿走过去。水面上真的有一层盖了呢。

"谁说河里没有盖子的？"

　　他的委屈没有了。母亲也有说错话的时候。

　　有一段时间，每天夜里，总是有人往他家院子里扔土块。

　　每天晚上都是，惊醒的母亲把所有的责任怪于他，骂他在外面惹祸，人家过来寻仇报仇了。

　　他没有辩解。

　　母亲又开始责怪父亲，父亲也没有说话，好像睡熟了。

　　第二天早上，他都会在院子里发现一只或者两只块头很大的独角仙，就拿出去玩。后来，他把这些玩腻了的独角仙拆解下来，然后组合成一只奇异的甲虫。

　　六指爷被这只奇异的甲虫吓了一跳。

　　六指爷以为地下的鳌鱼真的要翻身了，要地震了，这是鳌鱼派过来的前锋呢，后来他明白了是怎么回事，感叹道：

　　"过去是大鬼骗小鬼，现在是小鬼骗大鬼了。"

　　有很长一段时间，他都是六指爷口中的"小骗子"。

　　有一次，他在石灰塘里看出了好玩的东西。

　　石灰塘水面浮现的，像干草段的东西并不是干草，是一条条掉进石灰塘的死蚯蚓呢。

　　正好六指爷经过，他拉着六指爷看那些干草段，请他见证一下是不是笨笨的没有眼睛的蚯蚓。

六指爷没回答他，更没有看蚯蚓，而是脸色严肃地走远了。

六指爷肯定生他气了。

母亲说他笨死了。六指爷当然生气了，自从输光了一万块砖头之后，他手上多出的那道新疤，就像一条红蚯蚓呢。

母亲说他犯了指着和尚骂秃子的错误。

他也觉得自己笨死了，和蚯蚓一样笨。那些没有眼睛的蚯蚓走在路上，常常走着走着，就被太阳晒死了。

比蚯蚓更可怜的是蜗牛。蜗牛吃青菜，但萤火虫的主食却是蜗牛，被萤火虫咬过的蜗牛就变成一锅蜗牛汤了。还有更厉害的蓝甲虫，它会钻进蜗牛里，把蜗牛肉拖出来吃掉。

看着被蜗牛咬破的菜叶，他的耳朵是菜叶疼痛的呐喊。看着那些空空的蜗牛壳，他的耳朵里，又全是蜗牛们一声声绝望的呼救。

他喜欢有声音的虫子。

但他似乎和有声音的虫子都没有缘分。

先是因为捉蛐蛐弄塌了六指爷家的砖头堆，后来是带回来的蝈蝈差点把老芦噎死。

小虫子

那是他在捉蚂蚱的时候带回来的翠蝈蝈，为了不和玻璃瓶子里的蚂蚱混淆在一起，他特地放在卷起的裤腿里带回来的。

蝈蝈叫了几声，老芦就过来了，毫不客气地啄走了。他想去救蝈蝈，想不到的事发生了 —— 老芦竟翻白眼了。要不是他用手把老芦的脖子往上抹，把卡在老芦脖子里的蝈蝈抹出来，他真的就闯大祸了。

被老芦吐出来的蝈蝈死了。

他知道蝈蝈很肥，但再肥也没有蚂蚱大啊，怎么会噎死老芦呢？

他再也不敢捉蝈蝈回来了，可能蝈蝈天生克老芦。

会生蛋的老芦的命，他绝对是惹不起的。

与千足虫和蜈蚣长得差不多的虫子是钱串子。

母亲叫这种虫子为"草鞋底"。

他觉得钱串子更像一只不穿鞋子、脚上长满寒毛的大脚。

他捉过一次钱串子，说钱串子这个名字可以发财的。

钱串子被母亲踩得稀巴烂。她说得特别吓人，钱串子想钻洞，如果钻到他的耳朵里，那就聋了，将来就真的要打光棍了。

他很不喜欢母亲说出来的"光棍"这个词。

很多虫子很多他　　　　　（邵展图 绘）

有一种绿蚂蟥，它一般寄生在三角形河蚌中，边吃边生小绿蚂蟥，小绿蚂蟥生下来就张口吃了，一窝一窝的小绿蚂蟥。

他会很久都不舒服。

长大了才知道，这叫做密集恐惧症。

老穷叔说螳螂会吃蛇，因为螳螂的肚子上有雄黄。

他既相信又不相信。相信的理由是老穷叔从来没骗过人。不相信的理由是他从没见过螳螂把蛇给吃了。

如果一个人被蜜蜂蜇多了，就不会感冒了。

还有一个秘密，有好多蜜蜂喜欢上茅缸喝尿水呢。

六指爷证明他没吹牛，酿蜜的过程中，用人的小便浸润，蜂蜜就格外甜蜜芳香。这和用粪水种出甜甘蔗一个道理。

被六指爷表扬的那个下午，他的快乐就像蜂蜜和甘蔗一样甜。

每种虫子都有长得很标致的虫子，也有长得歪瓜裂枣般的丑虫子。

最丑的蚂蚱是又黑又灰的，飞起来翅膀咯噔咯噔响，像生锈的铁门搭。丑人多作怪。丑蚂蚱脾气还坏得很，如果想捉住它，它就会吐口水，很脏很脏的口水。

他从来不捉给老芦吃，生怕老芦生出丑鸡蛋。

墙角里还有一种蜘蛛，但名字不叫蜘蛛，叫苍蝇虎子。

这种蜘蛛不结网，喜欢跳来跳去，专门吃苍蝇。

不知为什么，他总是觉得这种蜘蛛就像老穷。

有一种没有翅膀的小苍蝇，弓着腰，爬来爬去，怎么看都像是驼背苍蝇。

每到清明的时候，这种驼背苍蝇就特别多。母亲怀疑它是驼背奶奶变的，就让多烧点纸钱。

他出生太迟了，没见过矮个子的亲爷爷，也没有见过驼背奶奶。每次母亲都这么说，说完之后，又每次都会有重重的一声叹气。

他很怕听到母亲的叹气声。

有一种螟蛉虫，从来不怕蜘蛛网，它会主动撞上蜘蛛网，假装成猎物，把蜘蛛骗出来，然后反把蜘蛛捉到家里做奴隶。后来他读到了《水浒传》，他总觉得螟蛉虫就是从梁山出来的，在做逼上梁山的工作。

小虫子

玉米怕钻心虫。向日葵更怕钻心虫，向日葵里的钻心虫太多了。母亲说虫子聪明，向日葵多香多好吃。本来他还想问，为什么生姜和辣椒地里也有钻心虫。后来他自己想通了，人有不怕辣的，虫子当然也有不怕辣的。

在所有的树上，钉槐树上的天牛是大的，也是最凶狠的。为什么它们还需要躲在钉槐树上，用钉槐树上满满的钉子掩护自己呢？母亲说是为了阻止他爬钉子槐树。他觉得是因为钉子槐的树汁好吃。证据是：钉子槐上的槐花是最甜的。他一直没有说，如果他说出来，他又被母亲嘲笑了：

"这世界上，人懂人，鬼懂鬼，好吃佬懂好吃佬。"

虫子的翅膀比人的双臂好用。虫子的翅膀也比人的双臂好看。他不知道怎么用什么词语形容这种好看。有一次，他听到母亲和六指奶奶聊天，说到了一个词：乔其纱。

他没见过乔其纱，但可以肯定，乔其纱肯定很好看。

自从这样认为，他眼睛里的螳螂、蜻蜓和知了都穿了乔其纱。

虫子们的乔其纱翅膀是透明的，几乎没有影子。

有一次，他们家的一棵茄子遭遇了虫害，茄子叶被金龟子们全吃光了，只剩下了完整的镂空叶脉和叶筋。

　　这棵茄子肯定不会再开花结果了。母亲很心疼，但他觉得这棵茄子很好看，是长出了乔其纱叶片的茄子呢。

　　这么多年过去了，他还记得那个阳光下，那棵虫子制造出来的乔其纱茄子。

　　吃树叶是害虫。

　　吃菜叶是害虫。

　　虫子究竟害了谁呢？

　　人是不是害虫？

　　母亲被他问烦了，笑着说："你是老害，老害就是害人虫！"

　　他跟着笑。

　　他的笑容神秘而轻松。

虫子什么都知道

这样的话，月亮等于就是他们家的。

太阳下，他们家的大榆树当然叫榆树。

他早给他们家榆树悄悄改了一个名字，叫桂花树。

有月光的晚上，天上的月亮里一棵桂花树，他们家院子里一棵桂花树。这样的话，月亮等于就是他们家的。

桂花树的故事是母亲讲给他听的。

母亲说月亮里有棵桂花树，桂花树下有个叫吴刚的木匠，他要砍下这棵桂花树。母亲没讲为什么要砍下这棵桂花树。也许是砍完了桂花树，月亮上就更宽敞更明亮了吧。反正吴刚手里有把斧头。

木匠吴刚还自带了午饭，这午饭是用饭篓挂在桂花树枝头上的。每当木匠吴刚砍桂花树的时候，有一群叽叽喳喳的麻雀就来啄食饭篓里的午饭。于是，木匠吴刚就丢下斧头，过来赶走麻雀。等到木匠吴刚把麻雀赶走了，再回到他砍树的地方，他刚刚砍下的伤口竟复原了，一点斧头砍杀的痕迹也没有了。

木匠吴刚只好重新砍桂花树，那边的麻雀又飞回来啄饭箩里的午饭了，木匠吴刚再次丢下斧头，去赶麻雀。

有一群麻雀，木匠吴刚砍树的工作永远不能完成。

他支持那些麻雀。

如果任由木匠吴刚砍走那棵桂花树，麻雀们就没地方去了。

木匠吴刚走到他们家院子里的时候，母亲和他都不认识这个木匠吴刚。

但是母亲和他都知道这个木匠吴刚是来干什么的。

木匠吴刚手里有一把斧头，斧头的锋刃口寒光闪烁。

木匠吴刚肩上缠着一圈蟒蛇样的粗麻绳，另一手里是一把更吓人的大拉锯。

父亲根本不理会这个木匠吴刚的笑脸，他把门紧紧关好之后，开始仰头看树，仿佛父亲才是那个准备锯树的木匠。

榆树的影子打在父亲的脸上，爬满了准备逃窜的虫子。

木匠吴刚扭过头来对父亲笑了笑。

木匠吴刚嘴巴里有颗闪闪发光的金牙齿，直晃眼。

小虫子

后来，木匠吴刚把斧头丢在树下，粗麻绳缠在树干和腰间，带着肩头的锯子，一段一段往上移。他听到了木匠吴刚急促的喘息声。

他想告诉母亲，这家伙爬树的本领真的不如他呢。

母亲脸色严肃，他什么话也不敢说，继续看木匠吴刚。

过了会儿，这个金牙齿的吴刚已爬到了他经常骑的树杈上，开始锯树枝。他要给他们家的榆树剃光头呢。

榆树叶子也是第一次经受锯子锯树的震动，受不了震动的树叶率先落下来，像父亲啰啰嗦嗦的话。

平时不怎么说话的父亲说了许多榆树的不好。榆钱总是掉在邻居家草屋顶上，然后长出小榆树，人家的屋子就漏了。风大的时候，榆树的树干来回晃动，把人家的土墙都要晃倒了。树上有许多"洋辣子"，那些"洋辣子"的毛落到衣服上，很是烦人。那些麻雀的鸟粪还落到人头上。没有树阴挡着，晒被子晒衣服就很容易干了。

父亲的话是被木匠吴刚的警告声打断的。

他快要锯断第一簇榆树枝了。

父亲向后退了一步。

母亲没有动。榆树枝落在母亲的脚下，树枝带着叶子颤抖了几下，不动了。接着是第二簇榆树枝。第三簇榆树枝。榆树枝堆放起来，父亲的个子小了许多。

木匠吴刚锯树的声音很难听。

天空中什么鸟也没有，连半只麻雀也没有。它们的胆子太小了，根本不像月亮里的麻雀。

现在树上的木匠吴刚也没有带饭箩过来。

过了一会儿，堆放的榆树枝丛中窜出了很多惊慌逃难的虫子。

这些虫子如果会说话的话，它们可能会骂这个木匠吴刚的。

渐渐明亮起来，父亲脸上的虫子也跟着逃窜了许多。

螳螂们飞得最快。有两只笨拙的金龟子竟然飞撞在一起，双双落在他的脚下。他放过了它们，幸好两只笨拙的金龟子没有撞伤，一先一后飞走了。

他很想回过头跟父亲谈一谈货郎老李。

父亲已退到大门后面，又把拴好的门扣重新拴紧。

有人在门外问父亲是不是在为你们老害准备结婚的家具。

父亲回答得很含糊。

货郎老李是去年夏天淹死的。母亲说老李得罪了一个大家族。所有的人都在追赶丢下货担的他，后来他跳入一条河中，对岸村庄的人和此岸村庄的人都拿着棍子和鱼叉在岸上守着，

他就再也没有浮上来。他很想念老李丢在那个村庄的货担。货郎老李从来没有发火的时候。他做过很多离谱的事，最最离谱的是他跟着货郎老李一起卖货，听老李跟人家吹牛说大上海的事，还有和那些俏媳妇们说笑话。后来他亲眼看着老李挑着货担去了邻庄，跟着他走远的，还有纽扣盒里的三颗金光闪闪的好看"纽扣"—— 那是他悄悄放进去的三颗最闪亮的金龟子。

老李后来有没有发现他的恶作剧呢？

木匠吴刚很快锯完了所有的树枝。

光秃秃的榆树在阳光下显得很不好意思。

原来它都要用树影丈量他们家院子的，现在无法丈量了。

跳动的光像一团乱麻令人心烦意燥。

回到地面上的木匠吴刚开始收拢地上那些榆树枝，用粗麻绳捆扎。

木匠吴刚又在砍榆树根了，每一斧头砍下去，榆树干毫不躲闪，被震颤了一下，继续站住，像一个永远不求饶的犟孩子。

木匠吴刚一圈圈地砍。

新鲜的树屑如雨点飞溅，院子里全是榆钱的甜香气。

他看了看父亲。父亲的额头是一轮明晃晃的太阳。他扭头

虫子什么都知道　　　　　　　　（邵展图 绘）

看母亲，母亲蓝布衫的肩上有一轮灰暗的月亮。

他心里一恍惚，母亲肩上的灰月亮是一只灰色的放屁虫。

放屁虫是母亲绝对禁止碰的虫子！

放屁虫有一肚子怪气味的毒气弹。母亲严重警告过他，手碰了这虫子，如果他把这虫子的味道带回家，他就"死定了"。

"死定了"是比"有命没毛"更厉害的酷刑。

母亲不能闻放屁虫的味道，也不能吃香菜。

这两种味道都是致母亲死命的怪味道。

如果这只虫子在母亲的肩头施放毒气弹 —— 母亲昏倒。父亲手忙脚乱。榆树惶然倒下，砸断了木匠吴刚的手。

—— 这是他在极短的时间里幻想出来的后果。

一切都没有发生。

母亲看都没看，随手往肩上一掸，放屁虫便像暗器样被弹走，射向了父亲的额头。

放屁虫快落抵达父亲额头的时候，忽然变成一团灰光。

这灰光盘旋，升高，高过了他们家的院子，成为一颗灰点。

过一会儿，再也看不到了。

过不了多久，这放屁虫会和其它虫子汇合的，然后找到另外的树丛和云影。

老榆树没有了，刮过老榆树的风还在刮来刮去。

那个爱爬在树上睡觉的大虫子，总在黑暗中睁大了眼睛，他睡不着。

他知道，虫子什么都知道。

后记：一起飞过的日子

在所有的文体中，最难写作的，不是诗歌，不是小说，而是散文。

没错，是散文。

—— 这是属于我一个人的感叹。

或者说，这是写作《小虫子》后的感叹。

《小虫子》是我的童年。写作童年是所有作家的必修课。偏偏到了我写《小虫子》的时候，第一堂课就是不及格的。

《小虫子》第一稿被我删除了。

《小虫子》第二稿也被我删除了。

电脑的删除键实在太方便了，每次删除之后，笔记本电脑上一片空白，没有一只小虫子出现，一只可以拯救我的小虫子。

　　我是我父母的第十个孩子。

　　我出生的时候，父母都快成为爷爷和奶奶了。

　　多子女的贫困家庭里，那些歧视，那些饥饿，那些埋在灰尘之下的爱和被爱，都需要我慢慢咀嚼。

　　童年最好的玩具，就是那些飞来飞去的小虫子。

　　白天和黑夜里，全是那些奇怪的好玩的小虫子。

　　小虫子的前面是小。

　　与此相对应的，是老。

　　老芦。老穷。老起。老忙……还有我，叫老害。

　　寂寞的，无人关注，野蛮生长的，老害。

　　老害无处可去，他只能和小虫子们为友为敌。

　　《小虫子》就是一个叫"老害"的孩子和小虫子们斗智斗勇的长篇故事。

小虫子

但是，为什么就不能写好第一稿和第二稿呢？

因为那些小虫子飞过去了。

它们飞得那么快，那么坚决。

　　写作的偿还就变得非常艰难。事实上，我想写这篇《小虫子》想了快三十年了，那时我才二十多岁。这个念头出现后，又被我否定了。我当时天真地认为，还有许多比小虫子更重要的事呢！

　　三十年过去了，更重要的事恰恰就是那些陪伴我的小虫子们。

蜻蜓。

天牛。

屎壳郎。

蚂蚱。

蚂蟥。

尺蠖。

袋蛾。

丽绿刺蛾。

　　它们都是我的好导师，在那个湿漉漉的平原上，引导我前

346

行的好导师。

我必须重新开始。

于是，就有了这一稿的《小虫子》，第三人称的《小虫子》。

第三人称的小虫子，就是曾在这个星球上出现过又消失了爱和恩情。

穷人家的爱和恩情，像院子里那棵榆树的伤口慢慢渗出来的榆树汁。

榆树汁苦涩，但新鲜，蓬勃，几乎是独一无二的导线。在这样的导线中，我慢慢长出了一对虫子般的翅膀。

右边叫命定，左边叫幸运。

Little
Insects